Angelika Klüssendorf

Risse

Roman

PIPER

Mehr über unsere Autorinnen, Autoren und Bücher:
www.piper.de/literatur

Von Angelika Klüssendorf liegen im Piper Verlag vor:
Vierunddreißigster September
Das Mädchen
April
Jahre später
Risse

Unser Versprechen für mehr Nachhaltigkeit
• Klimaneutrales Produkt
• FSC®-zertifiziertes Papier
• Hergestellt in Deutschland

FSC www.fsc.org MIX Papier | Fördert gute Waldnutzung FSC® C014496

ISBN 978-3-492-05991-6

Gesetzt aus der Perpetua MT Pro
Satz: Eberl & Koesel Studio, Kempten
Druck und Bindung: GGP Media GmbH, Pößneck
Printed in Germany

Ich habe meine Mutter wieder und wieder sterben lassen. Jahrzehntelang habe ich ihren Tod als Ausrede für alles Mögliche benutzt, ihn inflationiert, für nicht wahrgenommene Arztbesuche, sogar für die Absage einer Lesung musste er herhalten. Ich fühlte eine Art grimmigen Spott, wenn ich ihren Tod als Ausrede vorschob, als würde ich ihr etwas heimzahlen. Nun ist sie tot. Was ich nicht für möglich gehalten habe: Ich vermisse sie. Ich empfinde Trauer, doch meine Freude über die Trauer ist größer als die Trauer selbst.

Ich sitze am Fenster, sehe meine Nachbarin durch den kalten Wind zu den Pferden gehen, es ist Januar, ein ganz normaler Tag. Meine Mutter wurde vierundachtzig Jahre alt. Ihr Mann erzählte mir am Telefon, wie er sie gefunden hat, drei Uhr nachts, in ihrem Blut, aber lebend auf dem Boden liegend; ich habe sie hochgehoben, sagte er, und die war schwer, das kannst du mir glauben, ich habe sie aufs Bett gehievt, und tatsächlich, dann fällt die da wieder runter, ich hab geglaubt, die will mich verarschen. Die *war dann tot, hat ihn nicht verarscht. Sein weiterer Schrecken hielt sich in Grenzen. Kein schöner Tod. War ihr Leben schön? Ich weiß nicht, was meine Mutter als schön oder gelungen empfand, ich weiß nicht einmal, ob sie es selbst gewusst hätte.*

Eine unserer letzten Begegnungen fand vor zwei Jahren statt, davor hatte ich sie über dreißig Jahre nicht gesehen. Ich war sehr aufgeregt und froh, dass mein Mann mich begleitete. Obwohl ich mich, was mir in angespannten Situationen oft passiert, vor der Tür habe stehen lassen und nur meine funktionierende Fassade den Kuchen aß, den Kaffee trank, wurde mir schlecht. Ich bekam Herzrasen, meine Mutter machte mir Komplimente, versuchte, Worte zu finden, für ihre Liebe zu mir. Sie war geschminkt, trug eine Goldkette, mehrere goldene Armbänder, Ohrringe, ihre Haare waren makellos blondiert. Eine Hand zitterte, was sie zu verbergen suchte. Sie redete, und ich weiß nicht, wie viel Zeit verging, nach dem Kaffee saßen wir an einem kleinen Tisch, in roten Sesseln, der Raum kam mir klein und beengt vor, und plötzlich wusste ich, woher mein Unbehagen gekommen war, wenn ich ähnliche Wohnungen betreten hatte. Als Kind bin ich nur heimlich durch das Wohnzimmer gegangen, das mir damals wie ein Ausstellungsraum vorkam, meine Mutter hatte stets den Anschaffungspreis hervorgehoben, soundsoviel hatte das Kissen gekostet, der Fernseher, die Wanduhr.

Meine Mutter sagte, wie leid ihr alles tue, wie unfassbar leid. Ich wollte ihr glauben und konnte es nicht. In der Art, wie sie mit ihrem Mann sprach, wurde mir klar, sie hatte keinerlei

Instrumente dafür, sich verändern zu können, sie standen ihr einfach nicht zur Verfügung. Ein lautes, verächtliches Räuspern unterbrach ihn, als er mit meinem Mann über Fußball sprach, es konnte nicht richtig sein; obwohl ihr Fußball egal war, sagte sie, seine Ansicht sei ganz und gar falsch, und als er dennoch darauf beharrte, setzte sie ihren Totentanz in unserem Beisein fort, du wirst schon sehen, fuhr sie ihn dunkel an; oh, wie waren mir diese Drohungen bekannt.

Während sie mit meinem Mann flirtete, hielt sie sich eine Hand vor den Mund, weil ihr eine Krone herausgebrochen war, sie sah schräg von unten zu ihm auf, immer noch darauf aus, zu gefallen. Fast wäre ich gerührt gewesen, ihr Gesicht war verzogen, sie hatte zwei Schlaganfälle hinter sich, doch dann erinnerte ich mich, wie sie mit meinem ersten Freund geschlafen hatte. Ich war achtzehn und hatte sie beide in meinem Bett vorgefunden. Wie das klingt: vorgefunden. Was soll ich sagen? Mein Bett war unbequem, ein schmales Sofa am Boden, die Holzbeine abgesägt, mein Freund hatte die Schlüssel zu meinem Zimmer, das ich zur Untermiete bewohnte. War es ihr egal gewesen, oder war es eine besondere Art, mich zu strafen? Ich wollte sie danach fragen, all die Monate, die uns noch blieben, doch jedes Mal, wenn wir am Telefon miteinander sprachen, schob ich es hinaus.

Vor zwanzig Jahren hatte sie mich zu meinem Geburtstag angerufen und mit den Worten begrüßt: Jetzt wirst du auch alt. Sie hatte meinen Erzählungsband mit dem Titel »Aus allen Himmeln« gelesen; du hast schon immer gelogen, sagte sie, mit Abscheu in der Stimme. Ich legte wortlos auf und nahm mir vor, das Wort immer so selten wie möglich in meinem Leben zu verwenden.

Der Erzählungsband erschien in einer sehr kleinen Auflage. Ich hatte die Wahl, genau die Sätze zu schreiben, die ich schreiben wollte. Warum habe ich dennoch Ereignisse ausgelassen oder falsch beschrieben? Es gibt keine Wunden, die nicht verheilt wären, doch es gibt Leerstellen, die ich bis heute nicht zu betreten wagte.

Die Großmutter im Kirschbaum

Die junge Frau schloss das Fenster. Sie wollte nicht, dass die Nachbarn den Streit mitbekamen, sie wollte nicht schon wieder auf der Straße schief angeschaut werden, sie wollte so vieles nicht. Auf dem Boden lagen Glasscherben und entkernte Pflaumen in ihrem Saft. Die junge Frau nahm die mit Obst gefüllten Einweckgläser vom Küchentisch und versuchte, sie in Sicherheit zu bringen. Sie stellte sie in die Speisekammer, in der es kein Licht gab. Ihr Mann lehnte an der Wand und sah scheinbar unbeteiligt zu, wie sie die Gläser vorsichtig einsortierte. Vor Minuten noch hatte es in der Küche wunderbar nach Kompott und Gewürzen gerochen; jetzt roch alles nur noch sauer. Ihr Mann kam auf sie zu und nahm ihr behutsam ein Glas aus der Hand. Er hob es sehr langsam in Schulterhöhe und ließ es einfach fallen.

Später saßen sie sich gegenüber. Während sie schluchzte, bemühte er sich, mit einem frisch gebügelten Taschentuch ihre Nase zu putzen. Sie war dreiundzwanzig, und er war sieben Jahre älter. Sie hatten sich am Silvesterabend vor sechs Jahren in einer kleinen Dorfkirche trauen lassen. Diese Art von Streitereien, die oft in wilden Schlägereien endeten, hatte es von Anfang an gegeben.

Aber seit einiger Zeit beteuerten sie sich ihre Liebe nicht mehr nach solch einem Spektakel.

»Ich hab es satt, endgültig satt«, sagte sie.

»Hör auf zu heulen, hör endlich auf«, sagte er und drückte ihr das Taschentuch auf die Nase.

Sie erhob sich ruckartig und ging an ihm vorbei, während er mit seinem Taschentuch in der Hand sitzen blieb. Sie nahm Schaufel und Besen und begann, die Scherben aufzukehren.

»Ich besorg dir morgen neues Obst«, sagte er und zündete sich eine Zigarette an.

»Ich will hier raus«, sagte sie, ohne aufzuschauen. »Ich will meine eigenen vier Wände. Ich hab diesen Krankenhausmief satt.«

»Es ist nicht meine Mutter«, sagte er, und sie spürte sein Grinsen in ihrem Rücken.

»Und ich hab sie mir nicht ausgesucht«, sagte sie.

Plötzlich kniete er neben ihr, streichelte ihr übers Haar.

»Es wird bald vorbei sein«, sagte er, nahm sie in die Arme und wiegte sie sanft hin und her. »Bald, mein

Baby«, und sie hatte das Gefühl, er meinte wirklich, was er sagte.

Ich lag im Nebenzimmer und hörte alles durch die Wand, ich war zu klein, um die genaue Bedeutung der Worte zu verstehen. Es war Abend, und neben mir ruhte meine Großmutter und stieß die Luft mit tiefen, raschen Atemzügen aus. An der Zimmerdecke verlief das Schattenmuster der Jalousie, und trotz der Dunkelheit sah ich, wie meine Großmutter mich anlächelte. Sie hatte noch fast alle ihre Zähne, darauf war sie stolz. Seitdem ich auf der Welt war, schliefen wir in einem Bett. Die Engel hätten mich direkt zu ihr ins Zimmer gepustet, hatte sie mir immer wieder gesagt, und ich hatte ihr geglaubt. Wir falteten unsere Hände und sprachen das Nachtgebet. Als es im Nebenzimmer lauter wurde, betete meine Großmutter ebenfalls lauter, und als es den großen Krach gab, beendete sie schnell das Gebet und legte ihre Hände über meine Ohren. Ihre Hände waren warm und rochen vertraut nach Glycerin. Ich hörte nur noch das Rauschen meines eigenen Blutes und schlief ein.

Der Tag brach an, als wäre nichts geschehen. Ein Streifen Tageslicht, das Geräusch der Klospülung, Schritte auf dem Flur, Türenwerfen, unversöhnt aneinandergereihte Worte. Die Großmutter lag neben mir. Sie hatte die Augen geöffnet und rührte sich nicht.

Ich versuchte, eine Weile die Luft anzuhalten. Und dann schaffte ich es nicht mehr auf die Toilette.

Ich weiß nicht, wofür ich die erste Ohrfeige bekam: für die nassen Hosen oder für jene drei Worte, die ich an meine Mutter richtete. Ich sagte: »Oma ist tot«, und genau in diesem Moment entstand die Pfütze auf dem Boden.

Der junge Mann lag auf dem Rücken und dachte an seine Frau. Er ließ heißen Sand durch seine Hände rieseln, und das Meerwasser leckte seine Füße. Er hatte sich vor drei Wochen gleich nach der Beerdigung seiner Schwiegermutter aus dem Staub gemacht, und er hatte es als noble Geste empfunden, so lange gewartet zu haben, bis die Alte unter der Erde war. Sie hatte keinen Pfennig auf dem Sparbuch gehabt, nur den Schmuck und ein Fitzelchen Gold. Der Schmuck hatte ihm die einundzwanzig guten Tage an der Ostsee gebracht – eine Suite im Hotel an der Strandpromenade, die verrücktesten Cocktails und Kontakt mit einer Frau, die sein Talent zu schätzen wusste. Er stellte sich ihr als Landschaftsmaler vor, saß stundenlang vor ihr und entwarf Bilder aus Worten, wofür sie ihn zu bewundern schien. Aber dann ging ihm das Geld aus, ihr Interesse ließ nach, und das Feuer in seinen Worten auch. Der junge Mann hasste den Gedanken an die Heimkehr, obwohl er sich den ganzen Vormittag diesen Satz vorbetete: Zeit, heimzukehren, sagte er sich, während er mit geschlossenen Augen im Sand lag und das Meer seine Füße umspülte. Er legte sein Gesicht auf den Unterarm, suchte blinzelnd unter den Badegästen nach einem hübschen Geschöpf, und schließlich fiel ihm das Fitzelchen Gold wieder ein. Er hatte es nie gesehen, und vielleicht wurde sein Wert vor ihm heruntergespielt, vielleicht war das Fitzelchen ein Fitzel oder gar ein Brocken. Er erhob sich rasch, zu rasch, ihm wurde schwindelig. Trotzdem versuchte er, seine Schritte schnell durch den erhitzten Sand zu setzen, und fast übermütig wandte er dem Meer den Rücken zu. Im Hotelzimmer packte er seine wenigen Sachen zusammen, und ohne sich zu duschen oder zu rasieren, ohne auch nur die Rechnung zu begleichen, verließ er das Hotel durch den Hintereingang.

Das kleine Mädchen saß am Tisch, während die Mutter im lauten Selbstgespräch über der Küchenanrichte Sellerie und Porree schnippelte. Vielleicht waren ihre Worte auch an das Kind gerichtet, aber eigentlich hörte es sich nicht so an. Das Mädchen saß schon lange am Tisch und versuchte, ein Stück Fleisch zu zerkauen. Das Fleisch war zäh und wollte einfach nicht durch die Kehle rutschen. Es kaute und schob das Fleisch mit der

Zunge hin und her, hörte dabei das gleichförmige Gemurmel der Mutter, das ab und an durch einen Fluch unterbrochen wurde, hörte sie auf irgendwelche Flittchen schimpfen und stellte sich vor, wie die Mutter diese Flittchen mit einer Bürste schrubben und dann in den Topf zu dem Gemüse werfen würde, und natürlich hielt es diese Flittchen für besonders zähe Fleischbrocken. Irgendwann unterbrach das Mädchen die endlose Kauerei und sah sich nach einem geeigneten Versteck für den Klumpen in seinem Mund um. Auf der Treppe näherten sich Schritte, und die Mutter erstarrte; für sie schienen Schritte auf der Treppe um diese Tageszeit nichts Gutes zu bedeuten. Sie beendete ihr Selbstgespräch, setzte sich zu ihrer Tochter an den Tisch, und als die Tür aufging, sah sie nur das Mädchen an. Herein kam der Vater, braun gebrannt und unrasiert, mit einer Alkoholfahne, die sie schon von Weitem riechen konnten. Er schien durchaus guter Laune zu sein, und die Mutter entkrampfte sich. Er hatte Geschenke mitgebracht, die er hinter dem Rücken versteckt hielt. Er wirbelte einen weißen Bademantel durch die Luft, auf dem sie sofort den Namen des Hotels entdeckte. Dem Mädchen überreichte er mit einem übertriebenen Augenzwinkern einen Plastikglobus, dessen Fuß geklebt war. Die Mutter hatte sich entschlossen, seine gute Laune auszunutzen: Sie warf den

Bademantel auf den Boden, schloss das Fenster und begann ihn zu beschimpfen, nannte ihn Herumtreiber, Zigeuner, Taugenichts, den allerletzten Abschaum. Sie beschimpfte ihn, bis ihr die Worte ausgingen, und es interessierte sie nicht im Geringsten, dass das Mädchen dabei war.

Doch schon wenig später trug die Mutter ihr bestes Kleid, und ihre Lippen glänzten knallrot. Das Mädchen betrachtete den Globus, auf dem einige Länder mit einem Stift schwarz umrandet waren. Inzwischen rauchte die Mutter, und der Herumtreiber versuchte sie mit seinem stoppeligen Kinn zu kitzeln. Dann tranken sie Wein und lachten dabei, und irgendwann verließen sie die Wohnung. Das Mädchen ging zum Mülleimer und spuckte den Fleischklumpen aus.

Er hatte die Hoffnung gehabt, er könne etwas Großes tun. Er wollte alles anders machen und mit ihr noch einmal den Zauber der ersten Tage erleben. Stattdessen stank er aus dem Maul, und wahrscheinlich roch sogar seine Haut nach dem Alkohol der letzten Wochen. Er hatte es an ihrem Blick gesehen, dem er nicht entkommen konnte. Sie sah ihn so, wie er war, und keinen Deut besser, und kein Zauber und gar nichts. Einen Augenblick lang versuchte er, sich gegen dieses schäbige Bild zu wehren, versuchte, ihr zu sagen, dass er dem nicht mehr entsprach, aber der Impuls dauerte nicht länger als die Vierteldrehung seines Arms, mit der er den Bademantel vor ihr ausbreitete. Dann war er wieder gefangen im Trott, in vorhersehbaren Atemzügen. Woher hätte sie auch wissen sollen, dass er sich gewünscht hatte, ein anderer zu sein; ein ums andere Mal.

Er zog sie ins Bett, und sie ließ es geschehen. Während er mit einer fremden Gier verschiedene Stellungen mit ihr ausprobierte, dachte sie an noch nie erlebte Liebesnächte. Er hatte sie gekitzelt, und zwischen zwei nah ihrem Ohr hingehauchten Küssen hatte er sie nach dem Fitzelchen Gold gefragt. Sie schwieg, und er berichtete von seiner Reise, von seiner Sehnsucht nach ihr und all den Cocktails, die aus den ungewöhnlichsten Mixturen bestanden hatten: Da draußen in der Welt habe er mit jedem Schluck an sie gedacht. Nun lag er mit geschlossenen Augen neben ihr, und sie wusste, dass er auf eine Antwort wartete. Fast hätte sie auflachen können, wie durchschaubar er doch war. Ein Schweißtropfen rann seinen Nacken herunter, sie wischte ihn weg, und dann stellte sie ihm eine Frage, nur um an seiner Stimme zu erkennen, wie viel Zeit sie noch hatte. Wie viele Sekunden, Minuten oder Stunden, ehe er grob werden würde. Irgendwann würde sie ihm das Gold zeigen müssen, und er würde nur noch wütender werden. Sie leckte vorsichtig mit der Zunge über das wertvolle Metall in ihren Backenzähnen; es war wirklich nur ein Fitzelchen gewesen.

Inzwischen gab ein leises Schnarchen zu erkennen, dass er eingeschlafen war. Sie stand auf, hustete laut, aber er rührte sich nicht. In Windeseile kontrollierte sie seine Jacken- und Hosentaschen; schließlich entdeckte sie in seinem Schuh drei zusammengefaltete Zehnmarkscheine, und sie lächelte bei dem Gedanken, dass ihr Versteck einfach besser war.

Das Mädchen fand seine Mutter ganz hübsch, aber eine richtige Meinung hatte es nicht dazu. Sie war ihm zu vertraut, und wahrscheinlich wollten alle kleinen Mädchen eine hübsche Mutter haben. Die Mutter war blond, blauäugig, von kleiner, weicher Statur, ihre Nase ein wenig groß, aber nicht so, dass es auffiel. Sie zog sich gern schön an, und deshalb servierte sie ab und an in einem Café. Von ihrem Lohn kaufte sie sich Kleider, mit denen sie Staat machen konnte, und den ganzen dazugehörigen Klimbim. Natürlich verbarg sie diese Sachen vor ihrem Ehemann, er hätte sofort wieder alles zu Geld gemacht oder für Alkohol eingetauscht. Sie versteckte ihre Schätze in einem schmalen Holzschrank, einer Art Spind, den sie abschließen konnte. Den Schlüssel trug sie immer bei sich. Der Holzschrank sollte den Eindruck erwecken, als wäre er mit Besen, Handfegern, Wischlappen und dergleichen gefüllt, also vollkommen uninteressant für einen Mann, der nie einen Besen in die Hand nahm. Täglich kontrollierte sie das Schloss, und stets war es unbeschädigt. Sie öffnete den Schrank nur, wenn ihr Mann fünfhundert Meter entfernt in seiner Stammkneipe war oder im Nebenzimmer, wo er oft wie im Koma auf dem Boden lag, unfähig, sich vor der Mittagszeit zu rühren.

Jetzt stand sie vor dem Schrank, eine angezündete Zigarette in der Hand und bereit, sich die Freude zu gönnen, all ihre Sachen auf dem Tisch auszubreiten. Das Mädchen saß an der Fensterbank und kritzelte auf ein Blatt Papier. Es hörte die Mutter den Schlüssel umdrehen, dann eine eigenartige Stille. Das Mädchen hob den Blick und sah die Mutter nach Luft schnappen, wieder und wieder, ein fassungsloser Fisch. Der Fisch setzte sich an den Tisch, begann zu wimmern und wurde wieder die Mutter. Tränen rollten ihr über Wangen und Hals. Dann stand sie auf, nahm das Mädchen bei der Hand und zeigte ihm den leeren Schrank. Ihr Mann hatte die Rückwand abgeschraubt und alles ausgeräumt. Sie setzte sich auf den Stuhl, zog das Mädchen auf ihren Schoß, wollte, dass es seine Arme um sie legte. Das Mädchen küsste sie auf die nassen Wangen. Es fragte sich, wann dieser Anfall vorüber sei und die

Mutter sich wieder den Geschäften des Tages zuwenden würde. Es streichelte ihr Gesicht, sah dabei klar und scharf umrissen die Äste des Kirschbaums vorm Fenster. Jemand hatte ihm gesagt, dieser Kirschbaum sei ein Wunder, denn ein Kirschbaum habe mitten in der Stadt einfach nichts zu suchen. Aber das Mädchen wusste es besser: Diesen Kirschbaum hatte schon die Mutter der Großmutter gepflanzt, und manchmal saß seine Großmutter weiß und federleicht in den Ästen und lächelte dem Mädchen zu.

Die Mutter schob es von sich und stand auf. Sie ging durch die Küche, auf und ab, blieb eine Weile vor dem Schrank stehen. Irgendwann trat sie wütend mit dem Fuß dagegen. Dann stand sie wieder vor dem Mädchen und sagte: »Du bist mein Kind«, und es klang, als überraschte sie diese Feststellung.

Das Mädchen sah zu dem Kirschbaum hinüber, doch seine Großmutter saß auf keinem der Äste.

»Ich hab nicht gewusst«, sagte die Mutter, »... dass Liebe so ist.«

Das Mädchen schwieg und versuchte ein Lächeln.

»Was denkst du, wie alt ich bin?«, fragte die Mutter.

Das Mädchen wusste die Antwort nicht.

»Bin ich jung oder alt?«

»Du bist jung«, sagte es schnell.

Die Mutter betrachtete es nachdenklich, dann begann sie, in einem Magazin zu blättern, und zeigte ihm das Foto einer Frau. »Wer ist jünger von uns beiden?«

Das Mädchen glaubte zu wissen, was die Mutter hören wollte, und wies mit dem Finger auf sie.

Aber aus irgendeinem Grund zweifelte die Mutter an seinen Antworten, klappte das Heft zu und warf es auf den Tisch. Sie rauchte mehrere Zigaretten, trank eine halbe Flasche Goldbrand, trat immer wieder gegen den Schrank und fluchte. Dann stand sie vor dem Mädchen, sah es an, schob den Pullover hoch und zeigte auf ihren Bauch. »Wie findest du meinen Bauch?«

Das Mädchen sah wieder zum Kirschbaum, Wind fuhr durch die Äste, die Blätter säuselten, aber es konnte nichts verstehen.

Die Mutter zuckte ungeduldig die Achseln: »Nun sag schon!«

Der Bauch war fahl und verschwitzt, mit Dellen und Rissen in der Haut. Das Mädchen versuchte, mit dem Kopf zu nicken. Nein, es war kein schöner Bauch.

»Fass ihn an«, sagte die Mutter. »Fass meinen Bauch an.«

Das Mädchen stand auf und legte die Hand auf das warme, weiche Fleisch und schloss die Augen. Es roch den säuerlichen Atem der Mutter, die ihre Hand über die des Mädchens gelegt hatte. Es blieb vor ihr stehen und spürte ihre Verzweiflung, spürte ihre ganze Einsamkeit, die Gier nach Leben, einem anderen Leben, von dem die Mutter selbst nicht wusste, wie es aussehen sollte.

»Und?«, sagte die Mutter. Dieses »und« klang erschöpft, gereizt, und plötzlich verstand das Mädchen das Säuseln und Wispern der Blätter und flüsterte: »Ein toller Bauch.« Es löste sich aus ihrer Hand und pochte mit dem Finger, so als würde es morsen, die Buchstaben noch einmal in das weiche Fleisch: »Ein toller Bauch.«

»Das reicht«, sagte die Mutter. Das Mädchen atmete jetzt so flach, als wäre seine Lunge zwischen zwei Buchseiten gepresst, aber sein Atem hatte einen Rhythmus; einen Rhythmus wie das Säuseln und Wispern der Blätter im Kirschbaum.

An einem der letzten Wintertage liefen wir in Zweierreihen durch Matsch und Eispfützen. Unter einer blassen Sonne kamen zwanzig kleine Kinder von einem Tagesausflug zurück und marschierten in den Kindergarten.

Nieselregen wehte uns ins Gesicht. Ich lief als Letzte neben der Erzieherin, die wortlos mit ihren schweren Stiefeln an meiner Seite stapfte. Aus dem Nieseln wurde ein feiner, stechender Eisregen, meine

Schuhe waren durchweicht, mir war kalt, und ich hatte Hunger. Vor mir liefen zwei Paar rote Lackschuhe, sie tippelten und tänzelten durch den Schneematsch. Mein Blick blieb an den geflochtenen Zöpfen der Mädchen hängen, ich hörte sie kichern und irgendwelche Lieder vor sich hin trällern. Sie sangen in einer hohen Tonlage, und ich wünschte, sie würden aufhören. Als wir an einer Kreuzung hielten, ging die Erzieherin nach vorn und führte die kleine Kolonne über die Straße. Ich lief schneller, lief ganz nah hinter den Mädchen und versuchte, ihnen in die Hacken zu treten. Dann pikste ich den Mädchen in den Rücken und drohte ihnen mit fremder Stimme: »Wenn ich euch allein erwische, reiß ich euch die Zöpfe aus. Ich zerkratze eure Lackschuhe, zerkratze eure Gesichter, zerkratze euer alles.« Ich gab grunzende Geräusche von mir, und die Mädchen liefen schreiend nach vorn. Während sie rannten, versuchte ich mich an dem Lied, das ich sie vorher singen gehört hatte. Aber ich bekam die Melodie nicht hin. Irgendwann hielt die Gruppe, und die Erzieherin stand vor mir. Die Sonne sah plötzlich aus, als wäre sie mit Packpapier überklebt. Ich schaute so lange in das durchschimmernde Licht, bis meine Augen schmerzten. Die Erzieherin verlangte eine Entschuldigung für mein boshaftes Verhalten, aber ich bekam kein Wort heraus.

Abends, im Bett, sagte ich das Gebet auf, das ich

mit meiner Großmutter vor dem Einschlafen gesprochen hatte. Es war das erste Mal seit ihrem Tod, dass ich es aufsagte. Die Worte hörten sich blechern an, ohne Sinn, und ich suchte vergeblich nach der Melodie in den Sätzen.

Ich erinnere mich vor allem daran, mit welcher Langsamkeit mein Vater die Einweckgläser vom Tisch nahm und fallen ließ, wie in Zeitlupe, als wäre dies ein Schauspiel und die Angst meiner Mutter eine verdiente Zugabe. Ich erinnere mich, dass meine Mutter mir zwar leidtat und auch ich Angst hatte, aber ebenso eine vage Lust an dieser Angst empfand. Ich hatte mich längst in einen Raum zurückgezogen, zu dem niemand sonst Zutritt hatte. Wir wohnten in einer Kleinstadt, im Hinterhaus, ganz oben. Mein Vater wurde der schöne Egon genannt. Meine Mutter hatte ihm regelrecht nachgestellt, ihn wollte sie haben und keinen anderen. Sie bekam mich, ihre Tochter, da war sie siebzehn, mein Vater war zehn Jahre älter, Aushilfskellner, aber er konnte Ölbilder malen, Schiffe auf tosendem Meer, und manchmal verkaufte er eins. Die ersten Jahre wuchs ich bei meiner Großmutter auf, die ein Stockwerk tiefer zwei kleine Zimmer bewohnte. Vater und Mutter waren in dieser Zeit im Gefängnis; wegen einer Spionagetätigkeit meines Vaters, so das Narrativ, der Doppelagent für Russen und Amis gewesen sein soll, und meine Mutter seine Helferin. Dies scheint zu stim-

men, denn meine Mutter bekam eine zusätzliche Rente von dreihundert Euro, die sogenannte SED-Opferrente. Ich weiß nichts Genaues darüber, meine Mutter erzählte die Geschichte stets vage, die Zeit im Gefängnis muss die Hölle für sie gewesen sein.

Ich hatte damals keine Freunde. Nur ein Junge interessierte sich für mich. Dieser Junge kommt nicht vor in der Geschichte von meiner Großmutter im Kirschbaum. Er war ungefähr fünfzehn, sechzehn, er nahm mich mit in einen Schuppen, nicht weit von unserem Hof. Er hob mich auf einen Tisch, ich war vier oder fünf Jahre alt, zeigte mir sein erigiertes Glied. Ich sollte es anfassen und benennen, wie es sich anfühlte. Ich sagte, es sei wie eine Bockwurst. Ich erinnere mich vor allem an den Stolz, es war mir bewusst, dass wir etwas Verbotenes taten, doch die Freude, gebraucht zu werden, überwog alles Unbehagen. Was mich verletzte, war, dass der Junge mich am nächsten Tag nicht mehr kannte, als ich ihm auf der Straße zuwinkte. Ich dachte, dass etwas mit mir nicht stimmte, und da muss es begonnen haben: so korrumpierbar für ein wenig Zuneigung.

Samstag, zwanzig vor zwölf

Jedes Mal, wenn sie von dem Franzosen nach Hause kam, hatte sie Appetit auf ein Leberwurstbrot. Im Flur streifte sie die Schuhe von den Füßen, wurde um etliche Zentimeter kleiner. Dann legte sie die Armbänder und Halsketten ab; das Mädchen beobachtete sie dabei.

Die junge Frau sah auf die Uhr und lächelte, es war kein gutes Lächeln. Sie ging in die Küche, und das Mädchen folgte ihr. Es war ein grauer Oktobertag, es wurde nicht richtig hell, und das Deckenlicht schaffte es auch nicht. Sie verdünnte sich Kirschsirup mit Wasser und trank das Glas in einem Zug aus, wischte sich den Mund ab und schmierte sich dabei Lippenstift an die Hand. Es war Samstag, zwanzig vor zwölf.

»Du musst noch einkaufen gehen«, sagte sie zu dem Mädchen, ohne es anzusehen. Die Frau, die auch die Mutter des Mädchens war, war drei Tage und zwei Nächte nicht in der Wohnung gewesen. Sie hatte diese Zeit mit dem Franzosen und dessen Freunden verbracht, hatte in weichen Sesseln gesessen, gefeiert, getanzt unter Kristallleuchtern; der Franzose war seit dem Sommer ihr Liebhaber. Jetzt fuhr sie sich mit beiden Händen durchs Haar und starrte, ihren Erinnerungen nachhängend, aus dem Fenster. Das Mädchen stand in der Mitte der Küche und folgte ihrem Blick. Das Fenster zum Hof im ersten Stock zeigte die Äste eines Kirschbaums, der Himmel dahinter war ein Stück weit aufgerissen, als hätte er eine Öffnung. Der Wasserhahn über der Spüle tropfte. Der dunkle Fleck an der Wand ähnelte einer Landkarte, allerdings kannten nur Eingeweihte die Ortschaften darauf. Der Fleck bestand aus Resten alter Leberwurst und war mindestens drei Jahreszeiten alt.

Die Mutter setzte sich an den Küchentisch, und es sah aus, als würde sie nachdenken, schwer zu sagen, worüber, wenn sie denn überhaupt dachte, wer konnte schon sagen, wo das Denken anfing und wo es aufhörte. Vielleicht rief sie nur innerlich Befehle ab, als wäre da eine Schultafel in ihrem Kopf, aus ihrer Kinderzeit. »Bring mir Zettel und Bleistift«, las sie gerade die mit Kreide geschriebenen Worte von der Tafel ab. Das Mädchen gehorchte und brachte ihr das Gewünschte. Inzwischen hatte die Mutter den Kopf auf den Tisch gelegt und träumte den zwei letzten Nächten hinterher, und einem Kuss. Die Kristallleuchter hatte sie gegen ein blasses orangefarbenes Licht eingetauscht, in einer engen Bar, und beim Abschied hatte ein Unbekannter, dessen Gesicht ihr längst wieder entschwunden war, ihre Stirn geküsst, so zart, so überaus eigen. Sie hob den Kopf und wies das Mädchen an, ihre Zigaretten aus dem Flur zu holen. Als das Mädchen die Handtasche danach durchsuchte, hatte es einen winzigen Funken Hoffnung. Es wusste nicht genau, worauf, aber das Gefühl war da. Gleichzeitig hörte es einen Düsenjäger vorbeifliegen und dachte, dass es noch nie einen Krieg erlebt hatte. Das Mädchen reichte der Mutter die geöffnete Schachtel, blieb vor ihr stehen und sah sie an. Es konnte nicht aufhören, sie anzusehen. Die Mutter griff sich eine Zigarette aus der Packung, entzündete sie und zog den Rauch tief in die Lunge. Dann schaute sie auf die Uhr und lächelte das Mädchen an und sagte: »Es wird höchste Zeit, dass du losgehst.«

Das Mädchen wusste, dass es unglaublich viele Möglichkeiten gab zu lächeln. Es blieb neben dem Küchentisch stehen, ohne sich zu rühren. Für einen Augenblick meinte es, Tränen auf dem Gesicht der Mutter zu sehen, aber es war sich nicht sicher. Ein Windstoß jaulte vorm Fenster auf, wirbelte Blätter durch die Luft. »Kraul mich«, sagte die Mutter. Das Mädchen stellte sich hinter den Stuhl und begann, mit den Fingerspitzen ihren Kopf zu massieren, und während es die dünne Haut über dem Schädel spürte, verfolgte es den Sekundenzeiger auf der Armbanduhr der Mutter. Nach einer Weile schüttelte diese unwillig den Kopf und zog sich im Sitzen Bluse und Unterhemd aus, legte den Kopf auf die Hände und sagte: »Nun kraul mir den Rücken.« Ihre Stimme klang leise, als würde sie versickern. »Es ist Samstag«, sagte das Mädchen, »die Geschäfte schließen früher.«

»Nun mach schon«, erwiderte die Mutter, und das Mädchen streichelte ihr den Rücken und war sich sicher, dass das Fleisch unter seinen Händen tot war. Aber es traute auch dem toten Fleisch nicht. Der Wind jaulte abermals auf, rüttelte an dem Fensterrahmen, und das Mädchen sah die durchgeschüttelten Äste des Kirschbaums vorm Fenster und versuchte, den Abstand zwischen Fensterbrett und Baum zu schätzen.

»Ich weiß, dass heute Samstag ist«, sagte die Mutter und streifte sich das Hemd über, nahm einen Bleistift und schrieb ihren ersten Wunsch auf den Zettel, überlegte, zündete sich die nächste Zigarette an. Dann sagte sie: »Wasch deine Hände.«

Das Mädchen stand vor dem Waschbecken, stellte sich auf Zehenspitzen, um in den Spiegel zu sehen, vergebens. Es lächelte hoch in Richtung des Spiegels, irgendwo würde das Lächeln schon landen, dachte es.

In der Küche sagte die Mutter: »Ich will feine

Leberwurst, bring mir ja nicht die grobe.« Dann sah sie wieder auf die Uhr. »Es ist wirklich schon spät, die haben bestimmt schon alles abgeräumt und sind beim Saubermachen.«

Das Mädchen steckte Zettel und Geld in die Schürzentasche, zog eine Jacke an.

»Beeil dich und bring mir ja nicht die grobe«, sagte die Mutter und nahm dann erst den Blick von dem Mädchen. Als die Tür ins Schloss fiel, war sie mit ihren Gedanken schon woanders.

Das Mädchen lief die Treppe hinunter, übersprang drei, vier Stufen. Auf der Straße rannte es mit dem Wind um die Wette. Es wusste, dass es überhaupt nichts brachte, doch es war ein vertrautes Spiel. Die Fleischerei lag an der nächsten Straßenecke, und natürlich war das Geschäft wie jeden Samstag um diese Zeit längst geschlossen. Die Jalousien waren heruntergelassen, hinter der Tür Stille. Die Fleischerei schloss pünktlich um zwölf Uhr, und die Verkäuferinnen begannen schon vorher mit dem Abräumen der Ware. Was verständlich war, dachte das Mädchen, schließlich war nun Wochenende, und die Leute wollten nach Hause zu ihren Familien. Die Straßen waren eine halbe Stunde nach Ladenschluss leer, es war ganz anders als kurz vor zwölf, wenn die Menschen noch auf die Straße eilten, weil sie etwas vergessen hatten.

Hinter dem Schaufenster lagen tote Fliegen. Das Mädchen fragte sich, wie lange die schon da lagen, wie lange eine Fliege wohl brauchte, um sich in Staub aufzulösen. Die grüne Jalousie bewegte sich kaum merklich über den toten Fliegen, als gäbe es noch irgendwo einen Luftzug im Raum. Das Mädchen wusste, dass niemand mehr dort drinnen war. Aber es stand draußen und konnte sich die toten Fliegen ansehen, und wenn es wollte, auch sein Spiegelbild. Es hatte jetzt sehr viel Zeit und begann, vorsichtig über die Bordsteinkanten zu balancieren.

In Wirklichkeit hatte ich an den Leberwursttagen einen Tick entwickelt; wenn meine Mutter mich mit solchen aussichtslosen Aufträgen losschickte, die sie natürlich auch später nicht als solche eingestand, dauerte der Weg Stunden. Ich setzte einen Schritt vor, ging ihn zurück, dann zwei Schritte, ging einen zurück, und das ging so weiter bis kurz vor dem Ziel, und auch da musste ich noch einmal umkehren, um den letzten Schritt setzen zu dürfen. Es war ein Zwang, ich konnte nicht anders. In meinem späteren Leben sah ich manchmal einen Mann oder eine Frau, die genau dies taten, sie hüpften auf der Stelle, kamen nur schwer von einer Straßenseite auf die andere. Ich erkannte mich wieder und war froh, davongekommen zu sein.

Schon damals waren Bücher für mich Heimat, wie später auch das Schreiben. Ich las alles, was mir unter die Finger kam, ich besaß sogar einen Bibliotheksausweis. Ich erinnere mich, wie die Bücher rochen, an ein Wohlgefühl und die Gewissheit, dass mir diese Welt niemand würde entreißen können.

Als ich mit meiner Mutter später über meine Lieblingsbücher reden wollte, sagte sie: »Ach, du tust doch nur so.«

In der Erzählung kommt meine Schwester nicht vor, die ihre Tage in einem Gitterbett verbrachte, ihr Spielzeug waren Rollen aus Toilettenpapier. Sie weinte oft, und manchmal schlief sie weinend ein, denn ich spielte nicht mir ihr, ich wollte nur, dass sie ruhig war. Damals empfand ich keine Geschwisterliebe. Doch ich versank oft stundenlang in Tagträumen, ich hielt mich in ihnen auf, als wären sie eine reale Welt. In diesen Träumen war ich fürsorglich, ich fällte Bäume im Wald, baute uns eine kleine Hütte, in der es einen Kamin gab, eine gemütliche Küche und einen Fußboden aus blau-weißen Fliesen. Ich erzählte mir die Geschichte jedes Mal neu, fügte bestimmte Details dazu, andere verschwanden wieder. Im Gegensatz zu meinem späteren Schreiben waren meine Tagträume geradezu ausschweifend. Ich richtete die Räume in der kleinen Hütte sorgfältig ein, ordnete Tüten und Konservendosen in der Speisekammer, buk Brot. Allein dieser Vorgang, ich knetete den Teig und roch daran, zog sich Ewigkeiten hin.

Als wir vor dem Grab unserer Mutter standen, erzählte ich meiner Schwester, dass der Fußboden in meiner Küche genau so aussieht wie der aus meinen Kindheitsträumen. Sie erinnerte sich nicht an meine Träume, wie sollte sie auch, ich hatte sie ihr nie erzählt. Auch ich wusste umgekehrt wenig über meine Schwester. Nachdem ich fünfundzwanzigjährig von Leipzig nach Westberlin ausgewandert war, klingelte sie an den Türen meiner Freunde und sagte ihnen, sie wolle die Freundschaft mit ihnen an meiner Stelle weiterführen. Während meine Schwester versuchte, die Lücke zu füllen und meinen Platz einzunehmen, wohnte ich in Moabit und verließ kaum das Bett. Von Heimweh gequält, rief ich nachts in den Bars und Kneipen an, wo ich meine Freunde vermutete, um ihre Stimmen zu hören. Es dauerte, bis ich im Westen angekommen war.

Manchmal versuche ich, den Fußboden aus meinen Träumen mit dem heutigen zu verbinden, doch es gelingt mir nicht. Es ist mir, als würde ich länger als möglich die Luft anhalten müssen. Wenn ich heute Heimweh habe, dann nach dem Zuhause aus meinen Kindheitsträumen.

Juni, Juli, August

Sie holten das Mädchen nachts aus Leipzig ab und kamen in den frühen Morgenstunden auf Usedom an. Das Jugendamt hatte seinem Vater und seiner neuen Frau das Sorgerecht zugesprochen.

Es war heiß und schwül, am Himmel zuckten Blitze, und oft war der nächste schon zu sehen, ehe der Donner vorüber war. Der Vater ging gleich mit seiner Tochter runter zum Strand. Sie zog die Schuhe aus und hörte aus reinem Übermut nicht zu, was er erzählte. Stattdessen rannte sie über den nassen Sand und konnte sich nicht sattsehen, sie war zum ersten Mal am Meer.

Die Wohnung des Vaters bestand aus zwei Zimmern und einem Flur, der zu einem kleinen Anbau führte, wo ein Campingbett für das Mädchen bereitstand. Vor dem Fenster des winzigen Kabuffs hingen großmaschige Gardinen, die nach altem Tabakrauch rochen. Schräg über den Hof waren die Küche und der hintere Raum der Gaststätte. Bis spät in die Nacht spielte eine Combo Schlager; Schlager, die man Anfang der Siebzigerjahre hörte. Der Vater des Mädchens war Leiter der Tanzgaststätte, die Stiefmutter servierte dort.

Und so hörte es vom Tag seiner Ankunft jede Nacht die gleiche Einschlafmelodie, das Geklapper der Töpfe, das Gegröle der Betrunkenen. Früh ging es zur Schule, und sein Vater und seine Frau gingen ins Bett. Nachmittags half es in der Küche, wobei es am liebsten die Fische abschuppte. Es saß neben der taubstummen Köchin und ließ ein Schuppengestöber auf- und niedersteigen. Manchmal verschluckte es sich an den Schuppen, oder sie blieben an seinen Wimpern hängen. Die Köchin hatte zwei dicke Zöpfe zu einem Haarkranz um den Kopf gewunden, darüber trug sie eine durchsichtige Haube. Sie starrte das Mädchen oft mit ihren dunkel glänzenden Augen an. Wenn es lächelte, lächelte sie auch.

Abends durfte es mit dem Hund in die Heide gehen. Der schwarz-weiße Mischling kackte jeden Tag einen gelblichen, nach Fisch stinkenden Brei. Das Mädchen saß im Pflaumenbaum, der noch unreife Früchte trug, und beobachtete die Gegend. Der Boden war mit violett gefleckten Büschen übersät, und überall gab es Haufen aus Kotkügelchen, die es je nach ihrer Größe Hasen oder Füchsen zuordnete. Zwischen Holunder und Brombeerbüschen baute sich das Mädchen eine kleine Höhle. An das Wetterleuchten hatte es sich gewöhnt, und auch wenn der Donner krachte, fürchtete es sich nicht. Am Horizont glänzte ein schmaler Sumpfstreifen, in dem Frösche quakten. Es lief durch strohgelbe Kornfelder oder pflückte Margeriten und Mohnblumen am Rand der Felder. Manchmal saß es mitten in einem Weizenfeld, den Hund neben sich, hörte den Wind durch die Halme streifen und versuchte herauszufinden, wo der Himmel begann. Es freute sich auf die Zeit, wenn die Pflaumen an dem Baum blau sein würden.

Die Pflaumen färbten sich gelb, es war ein Eierpflaumenbaum. Obwohl die Ferienzeit angebrochen war, hatte das Mädchen es nicht geschafft, sich mit jemandem anzufreunden. Es redete manchmal mit der Verkäuferin aus dem Bäckerladen oder dem Jungen aus der Gärtnerei. Es fing Kohlweißlinge und steckte sie in ein Glas. Löste Etiketten von Weinflaschen, klebte sie zu Mustern angeordnet auf Pappe und versuchte, die Basteleien am Strand zu verkaufen.

Von den Dünen aus konnte es die Gaststätte sehen. Am Wochenende standen viele Leute davor, und sein Vater in Anzug und Krawatte stolzierte wie ein König durch diesen Pulk. Er entschied, wer eingelassen wurde, wer tanzen durfte, trinken, lächeln.

Morgens war es still in dem gelben, einstöckigen Haus. Auf der Straße lagen zerknüllte Zigarettenschachteln, Kippen, Scherben, an den Hauswänden standen leere Weinflaschen. Um die Mittagszeit kam die Putzfrau und öffnete die Türen. Jeden Dienstag wurden Kisten mit Fleisch, Fisch und geschälten Kartoffeln geliefert. Die Kartoffeln kamen in große, mit Wasser gefüllte Tonnen, in denen es bald von Maden nur so wimmelte.

Eines Tages nahm der Vater seine Tochter zur Seite und erklärte ihr, dass die Stiefmutter scheinschwanger sei. In dem großen Bauch, den das Mädchen oft verstohlen betrachtet hatte, sei nur Luft, nichts als Luft. Tage später kam die Stiefmutter ins Krankenhaus, und das Mädchen stellte sich vor, wie sie dalag, in einem fremden Bett, Schläuche an ihrem Bauch, durch die die Luft herausströmte. Es versuchte, Luft zu schlucken, lief mit weit geöffnetem Mund durch die Straßen, schnappte und schluckte, bis ihm schwindelig wurde. Sein Bauch blieb flach und hart.

Es sah seinen Vater jetzt seltener. Er kam in den frühen Morgenstunden, stellte die Blechkassette mit dem Geld ab, schlief ein paar Stunden und verschwand wieder. Das Mädchen nahm sich so viel Geld aus der Kassette, wie es brauchte. In jenem Sommer waren bunte, mit Blumen bedruckte Papierkleider in Mode. Das Mädchen konnte jeden Tag ein anderes Kleid anziehen, und manchmal schnitt es die Blumen aus den Kleidern und klebte sie auf Zeichenblätter. Es ging weiterhin jeden Tag in die Heide, Essen holte es sich aus der Küche. Die Köchin roch seit Tagen nach Maiglöckchen, und überhaupt schien es dem Mädchen, als hätte sie sich auch sonst verändert; sie trug weiße Söckchen, lief manchmal ohne Schuhe und zeigte in einem fort ihre gelblichen Zähne beim Lächeln. Sie hatte die durchsichtige Haube abgelegt, sodass die Fischschuppen in ihrem Haar landeten, und manchmal sah es so aus, als würde sie mitten im Sommer eine Mütze aus Eiskristallen tragen.

Die Tage waren immer noch heiß und schwül, alle warteten auf den Regen, auf einen lange anhaltenden Regen. Die kurzen Gewitterschauer brachten kaum Erlösung. Die Gräser in der Heide verdorrten, die Chitinpanzer der Käfer ähnelten glanzlosen Steinen, Teiche und Sümpfe trockneten aus. Als der Regen endlich aus den Wolken platzte, hatte das Mädchen vergessen, die Fenster zu schließen. Kleine harte Tropfen trafen das Bettzeug, sein Gesicht. Es kam im Dunkeln hoch, leckte sich mit der Zunge die Nässe von den Lippen, begriff schlaftrunken, dass es Nacht war und regnete. Während das Mädchen die Fenster schloss, sah es, dass die Nacht nicht undurchdringlich schwarz war; in den hinteren Küchenfenstern brannte Licht. Es wusste nicht, zu wem es wollte, und warum, als es barfüßig im

Bademantel seiner Stiefmutter über den Hof rannte und durchnässt vor der Küchentür stehen blieb. Der Boden unter seinen Füßen war nass und kalt, es hörte Musik, starrte auf den Lichtstreif unter der Tür und drückte die Klinke herunter. Der Lichtstreif erschien nun auch einen Spaltbreit längs der Tür, und es begann, Geräusche auszumachen, die nicht zu der Musik gehörten. Es wollte die Tür nicht weiter öffnen, sah durch das Schlüsselloch und hielt die Füße zuerst für behandschuhte Hände. Die Füße der Köchin, in weißen Söckchen, die auf den Schultern seines Vaters lagen. Die Köchin hatte die Augen geschlossen, und das Mädchen fragte sich, wieso sie sich im Rhythmus der Musik bewegen konnte, obwohl sie taub war.

Am nächsten Morgen ging das Mädchen in den Nachbarort, wo es einen Campingplatz gab. Bis zum Nachmittag hatte es sich mit einer Horde Jungs angefreundet. Es trank mit ihnen Bier, obwohl es ihr nicht schmeckte, und als es dämmrig wurde, folgten ihm die Jungs über den abgekühlten Asphalt der Straße bis zu dem gelben, einstöckigen Haus. Es hatte sich mit keinem besonders angefreundet, alle schienen ihm mehr oder weniger gleich auszusehen. Die Köchin stand mit dem Rücken zur Tür und nahm Fische aus. Das Mädchen sah die weißen Söckchen, und dass sie ihre Haube nicht trug, und dann zeigte es den Jungs, wo sich die

Vorräte befanden; die Kühlkammer mit dem Eis, Fleisch zum Grillen, die Weinflaschen, der Schnaps. Minuten später sah die Küche verwüstet aus, und die Jungs waren verschwunden. Die Köchin hatte das Mädchen die ganze Zeit angesehen, ohne sich zu rühren. Auch, als Flaschen zu Bruch gegangen waren, hatte sie den Blick nicht von ihm genommen. Sie hatte es angestarrt und dabei die Fischschuppen von ihrem Haar gesammelt. Dann begann die Köchin aufzuräumen. Das Mädchen war sich nicht sicher, was es als Nächstes tun sollte. Ob das Maß voll sei, wie der Vater oft sagte. Musikfetzen drangen durch die Tür. Die Combo begann, für den Abend zu proben.

Die Tage waren dehnbar wie Kaugummi. Der Himmel weiß-blau, immer die Blitze, der Donner, der sich inzwischen wie sein eigenes Echo anhörte. Das Mädchen machte sich nichts daraus, im Meer zu baden.

Wenn der Vater nach ihm rief, die bereits aufgeblasene Luftmatratze unter dem Arm, versteckte es sich. Er rief nicht oft und irgendwann würde er es ganz bleiben lassen. Nachmittags half das Mädchen dem Jungen gegenüber in der Gärtnerei beim Unkrautjäten. Manchmal setzte es sich auch zu den beiden Alten, seinen Großeltern, auf die Bank. Die Frau und der Mann trugen Kopftuch, die Frau hatte einen leichten Bartwuchs; sie waren beide sicher um die hundert, dachte es. Der

Junge hatte nicht ohne Stolz erzählt, dass sein Großvater Soldat im Ersten und Zweiten Weltkrieg gewesen war und dass in seinem Hintern noch immer ein Granatsplitter steckte. Er gebrauchte seine Finger beim Aufzählen der anderen Heldentaten; der Großvater sei Aktivist der ersten Stunde gewesen, habe Walter Ulbricht persönlich gekannt und bei den Bauplänen für die Mauer mitgeholfen.

Die Frau lag seit ein paar Tagen im Bett und so saß das Mädchen nur neben dem Alten, dessen Füße immer wieder die gleiche Stelle des Bodens streiften. Er rieb den Stoff seines Hemdes zwischen den Fingern und hatte die Augen geschlossen. In seiner Nähe bewegte es sich langsam und gemächlich, als wäre ihm die eigene Jugend und Gesundheit peinlich. Jetzt versuchte der alte Mann, die Beine übereinanderzuschlagen.

Das Mädchen hörte seinen Vater rufen, einmal, zweimal. Es wusste, er würde nicht nach ihm suchen. Der Alte atmete durch den geöffneten Mund, er schien wütend, weil das mit dem Bein nicht klappte. Mit seiner Großmutter gehe es zu Ende, hatte der Junge fast beiläufig gesagt. Das Mädchen hielt das Gesicht in die Sonne und versuchte, mit zugekniffenen Augen etwas zu träumen. Manchmal gelangen ihm die wunderbarsten Tagträume. Es stellte sich dann einen großen Wald vor, in dem es Bäume fällte, ein Blockhaus baute, das es langsam mit allem Möglichen einrichtete. Ein großer Holztisch, ein altes Großmutterbett, eine Küche mit blauem Geschirr. In seinem Traum schaffte es alles ohne große Anstrengung, es zersägte die Bäume zu Balken und setzte alles mühelos zusammen. Das Geschirr tauschte es auf einer Art Schwarzmarkt gegen Pilze und Beeren ein. Komischerweise datierte es, was im Traum geschah, immer in eine Zeit nach einem Krieg, eine Zeit voller Entbehrungen; das Mädchen war allein und es war froh, allein zu sein. Der Alte neben ihm schnaufte, er schaffte es einfach nicht, das Bein über sein Knie zu legen.

Eine Woche später wurde die alte Frau beerdigt. Das Mädchen hatte eines seiner Papierkleider mit schwarzer Tusche bemalt und stand mit den anderen um das offene Grab. Der Himmel war dunkel und das fand es irgendwie richtig. Als der Sarg hinuntergelassen wurde, stolperte einer der Sargträger und fluchte. Das Mädchen versuchte, traurig zu sein, aber es gelang ihm nicht. Das Lied, von einem Plattenspieler abgespielt, kam ihm bekannt vor und dann fiel dem Mädchen ein, dass der Alte es in den letzten Tagen immer wieder vor sich hin gesummt hatte. Einmal hatte er sogar versucht, das Lied zu pfeifen, aber seinem zahnlosen Mund war nur Luft entwichen. Der Mann mit dem schwarzen Hut redete endlos. Sie hörte oft das Wort Genossenschaft. Er las aus einem Buch und sah kein einziges Mal auf. Einige begannen, zu husten und sich zu räuspern; dann fielen die ersten Regentropfen.

Der Junge hatte es zu dem Essen eingeladen. Als das Mädchen sich setzen wollte, bemerkte es, dass seine Beine schwarz gesprenkelt waren, seine Hände, alles an ihm war mit schwarzen Spritzern übersät. Durch den Regen war die Tusche auf dem Kleid ausgelaufen.

Im Bett dachte es noch lange über den Tag nach. Das Mädchen hatte jede Menge Eis gegessen und sich mit der Cousine des Jungen angefreundet. Den Alten hatte man in einem Rollstuhl an den Tisch geschoben, und während er gefüttert wurde, hatte er immer wieder versucht, diese Melodie zu pfeifen. Die Cousine war vielleicht zwei, drei Jahre älter als das Mädchen, und sie hatte trotzdem den ganzen Abend mit ihm geredet. Sie hatte schon Brüste, blonde Haare und Pickel auf der Stirn. Sie konnte das Lied über Conny Kramer auswendig, schrieb sich mit einem Brieffreund aus Prag. Sie hieß Evi und würde eine Woche bleiben.

Am nächsten Morgen erwachte das Mädchen sehr früh. Es hörte seinen Vater im Nebenzimmer schnarchen und als es sich auf die Straße schlich, war alles still. Auch in der Gärtnerei schienen noch alle zu schlafen. Es setzte sich vor den Zaun und wartete. Irgendwann hörte es die ersten Geräusche aus den Häusern; Wortfetzen, die Toilettenspülung, Musik und Stimmen aus dem Radio, das kurze Aufheulen der Kaffeemühlen. Die Einheimischen grüßten das Mädchen, als sie auf ihren Rädern vorbeifuhren, die Badegäste hingegen streiften es nur mit neugierigen Blicken. Endlich ging die Tür auf und Evi kam heraus, mit geflochtenen Zöpfen, die mit zwei blauen Kirschen aus Plaste zusammengehalten wurden. Sie lächelte ihm zu, turnte im Garten herum, machte ein paar Kniebeugen. Das Mädchen rief ihr zu, dass sie lieber gleich ins Dorf gehen sollten, ehe sein Vater erwachte, sonst müsse es vielleicht mit ihm zum Strand. In Wirklichkeit konnte das Mädchen kaum glauben, dass Evi Zeit mit ihm verbringen wollte. Evi kam und gemeinsam gingen sie runter ins Dorf. Evi führte das Mädchen auf den Hof der Bäckerei, wo die Hintertür zum Laden geöffnet war und der Kuchen zum Abkühlen stand. Sie nahmen sich Streuselkuchen und Bienenstich von den Blechen und rannten davon. Später gingen sie in den Bäckerladen und baten um Kuchenränder. Das Mädchen zeigte Evi den Eierpflaumenbaum und die kleine Höhle, die wie eine Wohnung eingerichtet war. Sie liefen am Meer entlang und beobachteten am FKK-Strand die nackten Jungs. Die Stunden vergingen so schnell, dass es dem Mädchen fast den Atem nahm. Am nächsten Tag kauften sie sich Kleider und einen Lippenstift, den sie gemeinsam benutzten. Sie tranken so viel Limonade, dass sie das Gefühl hatten, ihre Bäuche würden platzen. Einen ganzen Vormittag halfen sie in der Gärtnerei; am nächsten Tag war das Mädchen gerade dabei, Evi die Küche zu zeigen, das Eis in der Kühlkammer, als die Tür aufging und nicht die Köchin, sondern sein Vater hereinkam. Er hängte seinen Kopf unter den Wasserhahn und trank. Dann rotzte er den Schleim aus der Nase, holte ihn tief aus dem Rachen und spuckte aus. Er hatte nur eine Unterhose an und war schon im Gehen, als er Evi bemerkte. Er stand da, sah sie an, dann ging er. Die Tür war kaum zu, da hörte das Mädchen ihn rufen. Es ging ans Fenster, und er winkte sie raus.

»Wer ist diese Schlampe?«, sagte er.

Das Mädchen wusste, dass es sich nicht verhört hatte. »Meine Freundin«, sagte es.

»Die ist nichts für dich«, sagte er und sah seine Tochter an, als wäre sie tot.

Er drehte sich um, ließ die Tür hinter sich ins Schloss knallen. Einen Augenblick versuchte das Mädchen, die Situation einzuordnen, einen Augenblick, von dem es später dachte, es wäre besser gewesen, ihn nicht verstreichen zu lassen. Aber das war später, weit über diesen Tag hinaus.

Es lief in die Küche und sagte, dass es besser wäre,

zu verschwinden. Evi saß auf einem Stuhl, löffelte Eis und schüttelte heftig den Kopf. So viel Eis auf einmal, so was kam nie wieder. Das Mädchen überlegte kurz, ob es auch von dem Eis essen sollte, und hatte plötzlich das Gefühl, seinen Kopf in den Eiskübel stecken zu müssen und zu essen, bis es keine Luft mehr bekam. Das Mädchen hörte die Schritte seines Vaters, obwohl es noch jede Menge andere Geräusche gab. Der Vater trug ein weißes Hemd und Jeans, die es noch nie an ihm gesehen hatte. Er musste sich in Windeseile gewaschen und umgezogen haben, sein Haar glänzte nass; er lächelte.

»Willst du mich deiner Freundin nicht vorstellen?«, sagte er.

Das Mädchen betrachtete eine Frau auf dem Umschlag einer Illustrierten. Sie hatte große, wahnsinnig blaue Augen von der Farbe des Meeres, wenn es am Horizont auf den Himmel traf. Es atmete aus. Oder waren die Augen grün, ein wahnsinniges Froschgrün? Es schaute in diese Augen hinein, bis seine eigenen Augen schmerzten. Evi war aufgestanden und gab dem Vater die Hand. Er lächelte immer noch.

»Willst du uns nicht eine Flasche Wein holen?«, sagte er. Er sah das Mädchen nicht direkt an. Er fixierte vielmehr einen Punkt auf der Mitte seiner Stirn, als wäre dieser Punkt ein Seismograf für seine wirklichen

Gefühle. Seine Tochter musste doch wissen, was er wirklich fühlte, was er wirklich wollte.

Das Mädchen verstand, doch noch im Augenblick des Begreifens entschloss sich sein Mund, das Lächeln einer Komplizin zu zeigen.

»Bring uns den Wein rüber«, sagte sein Vater, und diesmal sah er seine Tochter an.

Evi zuckte mit den Achseln und aß weiter von dem Eis. Sie sah nicht gerade erfreut aus, aber irgendwie doch geschmeichelt. Er redete mit Evi, als wäre er mit ihr befreundet. Er legte ihr beim Hinausgehen sogar die Hand auf die Schulter. Das Mädchen wartete, bis es von drüben die Tür hörte, dann holte es eine Flasche aus dem Weinkeller. Es stand in der geöffneten Tür, die Flasche mit zwei Gläsern im Arm. Evi saß auf dem Sofa, das Gesicht dem Vater zugewandt. Beide sahen kurz auf. Evi lächelte dem Mädchen zu, ehe sie wieder in das große Lächeln seines Vaters eintauchte, der beim Sprechen mit beiden Händen weit ausholte, eine Kaskade von Wörtern in die Luft malte. Ohne sich zu unterbrechen, hatte er seiner Tochter die Flasche abgenommen, entkorkt, die Gläser vollgegossen. Dann prostete er Evi zu, die in kleinen, eiligen Schlucken trank. Evi kicherte, dann trank sie das zweite Glas Wein, als hätte sie nie etwas anderes gemacht. Das Mädchen stand still neben dem Tisch und irgendwann gab ihm sein Vater mit einer Handbewegung zu verstehen, dass es gehen sollte. »Komm später wieder«, sagte er. Evi hob das Glas an den Mund und trank. Das Mädchen ging nach draußen, schloss die Tür hinter sich, sehr leise. Im Hof setzte es sich auf den Steinboden mit dem Rücken zur Hauswand. Stand wieder auf und kroch in die leere Hundehütte. Es roch das Holz, die abgestandene Wärme des Hundes und dachte daran, die Hütte in den nächsten Tagen neu zu streichen. Nach einer Weile kroch es aus der Hütte, ging in die Küche, holte sich Kekse, Eis aus der Kühlkammer. Es hockte sich wieder an die Hauswand, aß das Eis und die Kekse. Hörte einen Hubschrauber am Himmel und bemerkte im Herunterticken eines Augenblicks, dass Evi vor ihm stand, ein wenig verloren auf den Beinen, ihre Haare lagen unglaublich ordentlich, wie angeklebt auf dem Kopf. Es sah so aus, als ob sie weinte, lautlos. Aber das Mädchen war sich nicht sicher. Es sagte: »Wir müssen reden«, und trat einen Schritt auf Evi zu, versuchte, ihr in die Augen zu sehen, versuchte, ihr Gesicht zu streicheln, suchte Worte, die es sagen könnte, und fand keine. Evi wich zurück, stieß gegen die Hundehütte. Hielt sich kurz, um das Gleichgewicht nicht zu verlieren, mit den Händen am Dach der Hundehütte fest. Sagte: »Scheiß Hütte, scheiß Hunde.« Das Mädchen sah das rote Rinnsal an Evis Beinen, sah ihre Füße mit dem sorgsam aufgetragenen Nagellack in den neuen Sandaletten, während sich die Stille über den Hof dehnte. Evi entfernte sich mit kleinen geraden Schritten, kurz vor der Hoftür knickten ihre Knie ein, aber sie konnte sich an der Hauswand halten.

Die Augusttage waren heiß, jedes Atemholen kostete Mühe. Das Meer war glatt wie ein Spiegel. Die Luft stand still, ab und an ein Blitz, dem ein müder Donner folgte. Das Mädchen hielt sich tagsüber in seiner Höhle auf, in der es, wie ein Vogelweibchen beim Nestbau, Steine, Schwemmholz, Mörtelstückchen, Muscheln und bunte Stofffetzen zusammengetragen hatte. Es gab ein Lager mit einer Decke, einen Tisch, der aus einer alten Holzkiste bestand, Geschirr und essbare Vorräte aus der Gaststätte.

Eines Tages war die Stiefmutter wieder da, mit neuer Frisur und ohne aufgeblasenen Bauch. Eine Zeit lang war morgens der Frühstückstisch gedeckt, eine Zahnpastatube lag auf dem Waschbecken, seine Papierkleider hingen im Schrank. Die Stiefmutter säuberte die Wohnung und wusch die Gardinen und der Vater ließ sich plötzlich das Zeugnis seiner Tochter zeigen und kritisierte die Kopfnoten; Betragen und Fleiß, meinte er, seien das Wichtigste im Leben. In der letzten Augustwoche fiel der gedeckte Frühstückstisch weg, und die leere Zahnpastatube wurde nicht mehr erneuert.

Der Sommer rieselte wie Sand durchs Glas, irgendwann strahlten die Bürgersteige nicht mehr die Hitze der vergangenen Wochen aus. Das Mädchen hatte sich ein Meerschweinchen gekauft und ihm ein schönes Nest in einem Schuhkarton gebaut. Es nahm das Meerschweinchen jeden Tag mit in die Höhle und erzählte ihm Geschichten. Dann kam jener Morgen, an dem das Meerschweinchen verschwunden war. Der Karton war leer. Das Mädchen suchte überall, im Zimmer, im Korridor, es lief sogar runter zum Strand. Als es seinen Vater fragte, gab er mit einem Achselzucken zu verstehen, dass ihm die Existenz des Meerschweinchens völlig unbekannt geblieben war. Es glaubte ihm nicht.

An diesem Tag ging es nicht in seine Höhle. Stattdessen erzählte es seiner Stiefmutter die Sache mit der Köchin. Es erzählte alles, auch das, was es nicht gesehen hatte. Am Nachmittag rief der Vater seine Tochter zu sich. Seine Stimme überschlug sich, sein Gesicht war konzentriert vor Wut. Dann wies er das Mädchen an, ins Nebenzimmer zu gehen; er komme gleich nach. Es hörte ihn mit der Stiefmutter sprechen. Er war ein guter Schauspieler. Und irgendwie hatte es das Gefühl, dass er gar nicht anders konnte. Er glaubte an das, was er sagte.

Die unteren Fenster im Schlafzimmer ließen sich nicht öffnen. Das Mädchen stellte sich auf einen Stuhl und wollte an die hohen, kleineren Fenster kommen. Schließlich gelang es ihm, den Riegel herumzudrehen. Es schwang sich nach oben, versuchte, sich durch die Öffnung zu ziehen, ließ sich vorsichtig an der Außenseite der Scheibe hinunter, zuerst die Hände, dann den Kopf, die Schultern. Es war mit der einen Hälfte seines Körpers schon draußen, mit der anderen noch im Zimmer. Durch die Scheibe konnte es von draußen nach drinnen sehen. Es war gerade dabei, sich mit den Händen auf das Fensterbrett zu hangeln, als es den Griff an seinen Beinen spürte. Kopfüber sah das Mädchen hinter dem Fenster das Gesicht seines Vaters. Es hörte nicht, was er sagte. Als es mit den Beinen strampelte, ließ er kurz von ihm ab. Das Mädchen gewann an Tiefe, und seinen Händen gelang es, sich auf dem Fenstersims abzustützen. Es sah seinen Vater hinter der Scheibe, und es hatte fast Mitleid mit ihm, mit all seinen Anstrengungen, mit seinem erschöpften, wütenden Gesicht. Aus den Augenwinkeln nahm es hinter sich einen Schatten wahr, einen Schatten, der eine Gestalt bekam und zu ihm trat. Jemand hielt seine Arme und zog. Das Mädchen strampelte noch einmal mit den Beinen, schaffte es, sich mit dem Becken durch die Fensteröffnung zu schieben, dann halfen ihm zwei

Hände, auf den Boden aufzukommen und sich in eine aufrechte Haltung zu hieven. Vor dem Mädchen stand die Köchin. Sie stand da mit geöffnetem Mund und lächelte es an, nahm seine Hand und sie rannten gemeinsam los.

Sie liefen aus dem Dorf, die ausgetretenen Feldwege entlang, bis zu den Dünen. Das Mädchen schloss kurz die Augen und atmete die salzige Luft ein, dann liefen sie weiter. In der Heide zeigte es der Köchin seine Höhle, zeigte ihr die Muscheln, die bunten Stofffetzen, eine Seite aus Evis Tagebuch. Sie tranken Wasser aus einer mit bunten Etiketten verzierten Flasche und setzten sich unter den Pflaumenbaum. Das Mädchen begann, das Lied des Großvaters aus der Gärtnerei zu summen. Aber genau wie er bekam es die Melodie nicht richtig hin. Irgendwann kam Wind auf, aus den Haaren der Köchin wirbelten Fischschuppen, tanzten durch die Luft.

Mein Vater. Ich habe nicht um ihn getrauert, als er starb. Ich bin ihm nicht nahegekommen. Lange Jahre gab es nur ein Narrativ für mich: Er war ein genialer Hochstapler und Heiratsschwindler, er war ein Künstler, konnte Frauen verführen, er versuchte zu schreiben. Er erhob sich über andere, die nichts von Kunst oder Politik verstanden und kein Hochdeutsch spra-

chen. Er fühlte sich auch meiner Mutter überlegen, die nach seiner Ansicht nur Kitschromane kannte, während er Balzac und Victor Hugo las.

Er war um die siebzig, als er mich besuchte – er hatte am Tag zuvor angerufen, einfach so –, ich hatte zu seiner Freude Räucherfisch gekauft. Er erzählte all die Geschichten, die ich bereits kannte, wie sportlich er in jungen Jahren gewesen war, wie er sich geprügelt hatte, dass er unehelich geboren und mein wahrer Großvater ein ungarischer Zigeuner gewesen sei. Wollte ich etwas zu meiner Herkunft fragen, redete er einfach weiter und stellte keine einzige Frage nach dem Leben, das ich nun führte.

Auf einem Foto ähnelt mein Vater dem jungen Pier Paolo Pasolini. Ich war stolz auf sein gutes Aussehen. Der schöne Egon.

Mein Vater war ein Vergewaltiger. Diesen Satz zu schreiben, ist mit einem Ekelgefühl verbunden. Heiratsschwindler klingt so viel besser.

Ich war eine Zeugin. Doch wo war mein Mitgefühl? Wenn ich mich an eines erinnere, dann daran, dass ich nie etwas Gutes erwartete, es schien mir fast folgerichtig, was geschah. Gefühle täuschte ich vor, das heißt die hellen Gefühle, ein freundliches Gesicht beispielsweise, für alles andere gab es ohnehin kein Verständnis.

Ich bemühte mich später, meine Mundwinkel zumindest oben zu behalten, beim Einschlafen probte ich zu lächeln.

Jahrzehntelang war Vergewaltigung etwas, das mir nie geschehen konnte. Ich würde zuschlagen, mich wehren, und sollte es dennoch geschehen, würde ich mich nicht so haben, sondern aufstehen und weitergehen. Es ist gar nicht so lange her, dass ich es einem Freund erzählte. Er zeigte mir deutlich sein Befremden, erst da wurde mir klar, wie wenig ich mir selbst bedeute.

Ellen, die scheinschwangere Frau, deren Güte ich nicht annehmen konnte, weil mir die Defekte meiner Mutter näher waren, ist lange tot. In dem Sommer meiner Erzählung schliefen wir zu dritt im Ehebett, ich hörte meinen Vater auf ihre Klagen, dass er ihr wehtue, antworten: »Hab dich nicht so.«

Wie gern würde ich sie heute in die Arme nehmen und trösten.

Eines der wenigen Fotos, die es von mir gibt, habe ich selbst in einem Fotoatelier aufnehmen lassen. Es war kurz nach meiner Ankunft auf Usedom bei meinem Vater gewesen. Ich hatte mir das erste Mal meine Haare bei einem Friseur schneiden lassen, ich trug ein gestreiftes Kleid mit einem dunklen Kragen, ein Geschenk meiner Stiefmutter. Ich erinnere mich, wie ich dastand, ein Bein vor das andere geschoben, und ein Lächeln, von dem ich annahm, es gehöre auf ein Foto.

Wenn ich das Bild heute betrachte, sehe ich Freude und Erwartung des Sommers in meinem Gesicht. Es ist ein Beweisfoto, dass es mich gibt und mir ein schönes Kleid zusteht, obwohl ich ebenso die Vorahnung erkenne: Diesem scheinbar *verlässlichen Augenblick nicht zu trauen, doch da ist auch der Wille, Wünsche und Begehren einzufordern, und die Frage: Wie könnte es aussehen, ein mir gemäßes Leben?*

Alles hat seine Zeit

Es war kurz nach drei, der Bäcker hatte gerade geöffnet und ich war die Erste im Laden. Während ich bezahlte, erblickte ich auf der anderen Straßenseite meinen Vater. Die Hitze knisterte über dem Bürgersteig, es war Hochsommer. Mein Vater trug seinen kakifarbenen Safarianzug, in dem er einem Abenteurer ähnelte; einem Abenteurer, wie er am Samstagnachmittag in den EliteLichtspielen über die Leinwand lief. Als ich aus der Tür trat, sah ich, wie er mit einem Jungen aus der 4b zusammenstieß. Der Junge lief weiter, mein Vater bückte sich und hob etwas auf. Er betrachtete den Gegenstand, drehte sich nach allen Seiten und entdeckte mich. Doch sein Blick streifte mich nur flüchtig. Er hob die Hand, winkte mit dem Gegenstand und schrie dem Jungen hinterher. Eine Weile stand er unentschlossen da, dann rannte er los. Ich drückte mir das Brot an den Körper und folgte ihm. Er lief ziemlich schnell die Industriestraße hinunter, wedelte dabei wie verrückt mit dem Ding in seiner Hand, beinahe hätte er mich abgehängt. Irgendwann schien der Junge verschwunden zu sein, ich konnte ihn nicht mehr entdecken und mein Vater blieb stehen. Ich schleppte mich durch die Hitze und wünschte mir, das warme Brot wäre ein vor Kälte dampfender Eisblock. Mein Vater stand vor dem Blumenladen an der Ecke und erwartete mich, er pfiff durch die Zähne, blinzelte mir zu und ich erkannte eine kleine braune Geldbörse in seinen Händen. Unter raschen Atemzügen berichtete er, was ich gerade beobachtet hatte. »Genau so war es«, sagte er und wischte sich mit dem Unterarm den Schweiß von der Stirn. Ich wartete darauf, dass er die Geldbörse öffnen würde, und nickte mit dem Kopf. Er sah an mir vorbei und wiederholte, dass alles seine Ordnung gehabt habe. Ohne Hast öffnete er das Portemonnaie und zählte das Geld. »Zwei Mark dreiundachtzig«, sagte er.

»Hast du in allen Fächern nachgeschaut?«, fragte ich.

»Zwei Mark dreiundachtzig«, wiederholte er, »und keinen Pfennig drüber.« Er akzeptierte mein Gesicht, das ihm mein Misstrauen zeigte, ein Misstrauen, das mich rot werden ließ.

»Wir müssen das Geld abgeben«, sagte er.

Spätestens jetzt hätte ich ihm sagen sollen, dass der Junge in meine Nachbarklasse ging. Aber irgendwie hatte ich das Gefühl, den richtigen Zeitpunkt für diese Nachricht verpasst zu haben.

Die Hitze hämmerte vom Himmel, doch am Horizont zeigten sich endlich die ersten Wolken. Mein Vater ging inzwischen langsam und ich horchte auf das Geräusch seiner schlurfenden Schritte. Der Pförtner auf dem Polizeirevier wirkte wie erschlagen hinter der Glasscheibe, er nickte nicht einmal zurück, als wir ihn im Vorbeigehen grüßten. Der Warteraum war leer. Mein Vater setzte sich auf eine Bank und schwieg. Ich lief durch den Raum, probierte verschiedene Stühle aus und betrachtete das Foto von Erich Honecker, versuchte, seinem Blick auszuweichen, der aus jeder Perspektive auf mich gerichtet war, doch es gelang mir nicht. Ich schnitt ihm Grimassen, darauf bedacht, dass mein Vater es nicht sah. Schließlich wurden wir aufgerufen und ein Uniformierter führte uns den Korridor entlang in eines der Zimmer. Der Polizist hinter dem Schreibtisch hob seine unglaublich buschigen Augenbrauen, als er meinen Vater erblickte, und ich hatte das Gefühl, dass sie sich kannten. Er bot uns keinen Sitzplatz an. Mein Vater legte die Geldbörse auf den Tisch. »Er ist einfach verschwunden, und ich steh da mit dem Geld«, beendete er seinen Bericht.

»Zwei Mark dreiundachtzig«, wiederholte der

Polizist, öffnete die Geldbörse, sah hinein, ohne nachzuzählen. »Keine Scheine?«

Mein Vater atmete pfeifend durch den Mund und schwieg.

»Und der Junge ist weg? Verschwunden, einfach so?«

»Würde ich sonst hier stehen?«, sagte mein Vater. Ich kannte diesen Tonfall.

Aus irgendeinem Grund hatte auch der Polizist nicht die beste Laune. Er zog sichtlich genervt Papiere aus dem Schubfach und begann, sie auszufüllen. Er fragte meinen Vater nach Alter, Adresse, Beruf und so weiter; bei der Frage nach den Vorstrafen schlug mein Vater mit der Hand auf den Tisch. »Was spielt das denn für eine Rolle?«, fragte er. »Bin ich angeklagt, oder was?«

»Wer weiß?«, erwiderte der Polizist und zuckte mit den Schultern. »Alles hat seine Zeit.«

Sosehr ich diese Antwort auch hin- und herdrehte, ich verstand sie nicht. Der Satz kam mir vor wie der Titel eines der Bücher in altdeutscher Schrift, die ich abends heimlich unter der Bettdecke las. Die Bücher hatte mir meine Großmutter vermacht und zu jeder Geschichte gehörte ein ganzseitiges Farbbild. Auf den Bildern waren glückliche Menschen zu sehen, lachend, voller Lebensfreude.

Mein Vater zündete sich eine Zigarette an, seine Hände zitterten. »Soll das ein Witz sein?«, sagte er. »Das soll mal einer fassen.«

Er schüttelte den Kopf, trommelte mit den Fingern auf den Tisch. Dann sah er mich an. »Halt dir die Ohren zu«, sagte er. »Halt dir bloß die Ohren zu.«

Ein anderer Polizist kam rein und tätschelte meine Wange. »Kennen wir uns?«, fragte er, und ohne eine Antwort abzuwarten, holte er sich einen Aktenordner aus dem Regal und verschwand wieder.

Ein leichter Wind wehte durch das geöffnete Fenster. Asche fiel von der Zigarette meines Vaters und rollte über den Tisch. Und als hätte dieser Windhauch alle ein wenig besänftigt, unterschrieb mein Vater schließlich die Unterlagen. Seine Schrift war beeindruckend. Die Buchstaben sahen aus wie mit einer Feder gezeichnet. Es war die Handschrift eines Kopisten, aber das dachte ich natürlich erst sehr viel später. Nur der letzte Buchstabe seines Namens verrutschte ihm, und an seinem Daumen blieb ein Tintenfleck zurück.

Der Polizist verabschiedete uns mit einem angedeuteten Lächeln. Auf der Straße war es immer noch heiß, aber dann wurde der Wind heftiger und es begann zu regnen. Wir stellten uns in einen Hauseingang und mein Vater sah missmutig auf das Brot, das ich im Arm hielt. »Warum hast du dir das Brot nicht einwickeln lassen?«, fragte er, nahm sich die letzte Zigarette, zündete sie an, die leere Packung warf er zerknüllt in die Ecke. Ich roch an dem Brot. Es war ein großes Mischbrot und ich traute mich nicht, hineinzubeißen. Mein Vater klemmte sich die Zigarette in den Mundwinkel, steckte die Hände in die Hosentaschen und ging los, ohne ein Wort zu sagen. Der Regen war in ein Nieseln übergegangen, ich schob das Brot unter meinen Pulli und trottete hinterher. Er pfiff wütend vor sich hin, und seine Schritte wurden größer.

Mein Vater hatte einen krummen Rücken, wenn er aber gut gelaunt war und sich streckte, erschien er ganz normal gewachsen. »Der krumme Rücken kommt vom vielen Schuften«, sagte er oft, aber das wusste selbst ich besser. Mein Vater war ein Trinker und Geschichtenerzähler, einer, der sagte, seine Schläge seien ehrlich, und manchmal ähnelte er Red Fox, meinem Helden aus den Indianerfilmen. Meine Mutter nannte ihn einen Lügner und Hurenbock, einen Rechthaber, Miesmacher, Hypochonder und einen ewigen Blaumacher. Und manchmal war er eben auch Maler und strich und tapezierte Wohnungen. Aber das kam ziemlich selten vor. Viel lieber malte er mit giftgrüner Tusche Frauen auf Zeichenblätter; nackte Frauen, mit geschlossenen Augen und in allen Posen.

Er lief jetzt sehr schnell und ich hatte Mühe, ihm zu

folgen. Erst vor unserem Haus blieb er stehen und wartete auf mich. Wir stiegen schweigend die Treppen nach oben, doch kaum waren wir in der Wohnung, begann er, mir die ganze Geschichte, die wir gerade erlebt hatten, zu erzählen, als wäre ich nicht dabei gewesen. Er nahm eine eigentümlich steife Haltung an und zählte jede Einzelheit auf; zum Schluss lächelte er einem unsichtbaren Publikum zu und posierte, als hätte er soeben eine Medaille angeheftet bekommen. Der Ablauf der Geschichte war der gleiche gewesen, aber irgendwie hatte aus seinem Mund alles ganz anders geklungen.

Erst jetzt holte ich das Brot unter meinem Pulli hervor und legte es in den Schrank. Mein Bauch war weiß vom Mehl und roch nach dem frisch gebackenen Brot. Ich ging in mein Zimmer und öffnete das Fenster. Wir wohnten im dritten Stockwerk, gegenüber wohnte eine Schulfreundin auf gleicher Höhe. Die Straße war so eng, dass wir ohne Mühe unsere Botschaften entziffern konnten, die wir an die Scheibe klebten. Diesmal war ihr Fenster geschlossen, die Gardinen zugezogen, und keine Nachricht wartete auf mich. Ich legte mich aufs Bett, hörte meinem Magen zu und gleichzeitig hörte ich meinen Vater in der Küche fluchen. Er suchte etwas. An Tagen wie diesen begann er immer, etwas zu suchen.

Erst vor einer Woche hatte er seinen letzten Suchanfall gehabt, er hatte jede Schublade geöffnet, den Linoleumbelag in der Küche hochgehoben, den Fernseher auseinandergenommen, er hatte die Möbel verrückt, den Mülleimer auf dem Boden ausgeleert, im Abfall gewühlt. Dann hatten wir uns gegenübergesessen, er völlig erschöpft, und ich hatte darauf gewartet, dass die Suche ein Ende nahm. Meine Hände waren aus purer Langeweile links und rechts in den Sesselritzen verschwunden, hatten sich dort bewegt und schließlich drei zusammengefaltete Zwanzigmarkscheine gefunden. Das Gesicht meines Vaters war ein einziges Strahlen gewesen, als er mir, der großen Zauberin, das Geld abgenommen hatte. Er war erst in den frühen Morgenstunden wiedergekommen, unfähig, ein Wort zu sprechen oder sein Bett zu finden.

Ich stand auf und ging in die Küche, wo mein Vater gerade mit einer Taschenlampe hinter den Schrank leuchtete. Dann schob er den Schrank wieder an die Wand und räumte, ohne mich zu beachten, das Fach mit den Gewürzen aus. Er war ein Meister im Verstecken, doch im Suchen und Finden war er ein Trottel. Er fand zwar immer etwas, aber es schien nie das zu sein, was er gesucht hatte. Nie konnte er sich merken, wo er Geldscheine, Münzen oder die Schmuckstücke aus den sogenannten besseren Zeiten versteckt hatte;

er versteckte die Sachen einfach zu gut. Wir lebten eindeutig in keiner besseren Zeit und hätten einen kleinen Glücksgriff dringend nötig gehabt. Ich hatte die letzte Mark für das Brot ausgegeben, wir hatten weder Butter noch Wurst, die Zuckertüte war leer, es befand sich keine einzige Pfandflasche mehr in unserem Besitz. Ich ging in mein Zimmer und während ich versuchte, Hausaufgaben zu machen, dachte ich an den Herbst, an die Äpfel und Birnen, die in den Kleingartenanlagen gewachsen wären.

Plötzlich stand mein Vater im Zimmer; ich hatte ihn nicht hereinkommen gehört. Sein Haar war viel zu lang, es musste geschnitten werden, das sah ich erst jetzt. Er ging an mir vorbei und schloss das Fenster. »Verdammte Hitze«, sagte er, und dann: »Was für ein Scheißsommer.« Er öffnete seine linke Hand. »Du könntest dir ein Eis verdienen.« In seiner Hand lag ein Ring.

»Der ist aus Gold«, sagte er und hielt ihn hoch. Der Ring hatte einen blauen Stein und war sogar für meinen Daumen zu groß.

»Ich will, dass du in den Konsum gehst und ihn eintauschst.« Er zeigte beim Lächeln seine tabakgelben Zähne. »Lass dir zwei Flaschen Goldbrand geben, Zigaretten und Eis.«

Ich spürte meine Knie weich werden.

Bisher war mein Vater mit seinen Schmuckstücken entweder ins Leihhaus gegangen, oder er hatte sie in der Kneipe versetzt.

»Der ist echt und sehr viel mehr wert«, sagte er.

»Woher hast du ihn?«, fragte ich.

»Ich hab ihn, nur das zählt, kapiert?« Er seufzte und sah mich an, als wäre ich bescheuert.

»Und wenn sie mich fragen, woher ich ihn hab?« In meinen Ohren pulsierte es.

»Das geht die überhaupt nichts an.« Er überlegte kurz. »Die sollen froh sein, wenn sie ihn kriegen, der ist viel mehr wert.« Aus seiner Nase ragte ein langes dunkles Haar. Er sah mich an und sagte: »Tausendmal mehr, verstehst du?«

»Aber die werden mir keinen Alkohol geben«, sagte ich.

»Du gehst sofort«, sagte er. »Goldbrand und Zigaretten.«

Er folgte mir an die Tür. »Lass dir zwei große Flaschen geben.«

Es hätte ein schöner Nachmittag werden können. Das Freibad hatte offen, die Kinder versammelten sich gerade auf dem Spielplatz, aber ich marschierte die Industriestraße hoch und wieder hinunter, immer am Konsum vorbei. Zweimal ging ich hinein und gleich wieder hinaus, aber schließlich betrat ich den Laden.

Ein bärtiger Mann stand an der Kasse und bezahlte. Eine blonde Verkäuferin sortierte Bierflaschen in die Regale. Sie hatte kräftige Oberarme, ihr weißer Kittel war schmutzig und sie summte vor sich hin. Als der Mann das Geschäft verließ, stand die Kassiererin auf und stellte sich neben mich. Sie war schwarzhaarig, trug eine dunkle große Brille, die aussah wie eine Männerbrille; sie hatte mich schon mal beim Klauen erwischt. Ich hatte sieben Schachteln Henry-Malzbonbons in meiner Tasche versteckt. Die Kassiererin hatte mich nach dem Namen meiner Schule gefragt, und wie meine Klassenlehrerin heiße; am nächsten Tag wurde ich ins Direktorenzimmer gerufen. Seitdem hatte ich den Konsum gemieden, ich ging nur rein, wenn ich wusste, dass sie nicht da war.

Ich nahm eine Mehltüte aus dem Regal und tat so, als würde ich lesen, was auf der Tüte stand. Sie blieb neben mir stehen und sagte kein Wort. Irgendwann kam ein neuer Kunde und sie setzte sich wieder an die Kasse. Ich beobachtete, wie die Blonde zwei Kartons umklammert hielt und diese dann in ein Regal stellte und auspackte.

Die Schwarzhaarige saß an der Kasse und ich hätte die Flaschen in dieser Sekunde einfach mitnehmen können. Ich besah mir noch einmal den Ring in meiner Hand und dachte an die Worte meines Vaters. Dann wartete ich, bis ich wieder allein mit den beiden Verkäuferinnen im Laden war, entschied mich für die Blonde und ging auf sie zu. Ich weiß nicht mehr, was ich zu ihr sagte. Auf jeden Fall unterbrach sie ihre Arbeit und sah verständnislos auf den Ring in meiner Hand. Wahrscheinlich dachte sie, ich hätte den Ring in ihrem Laden gefunden.

»Ich will ihn eintauschen«, sagte ich, und ich sagte es ziemlich leise, damit sie eine Chance hatte, sich für das Geschäft zu entscheiden, ohne die Schwarzhaarige informieren zu müssen.

Sie fuhr sich mit dem Handrücken über das Gesicht, nahm den Ring und besah ihn sich genauer. »Du willst was?«

»Er ist sehr viel wert«, sagte ich, »sehr, sehr viel.«

»Wo hast du ihn her?«, fragte sie mit plötzlich ernstem Gesicht, schüttelte nachdenklich den Kopf, behielt den Ring aber in der Hand.

»Zwei Flaschen Goldbrand und Zigaretten«, sagte ich und dachte keine Sekunde an das Eis.

»Du bist noch nicht sechzehn«, sagte sie. »Du darfst keinen Alkohol kaufen.«

»Bitte«, sagte ich. »Bitte, meinem Vater geht es nicht gut.«

Sie sah mich an, und dann rief sie ihre Kollegin. Ihre Stimme klang laut und kräftig, kräftig wie ihre

Oberarme, wie alles an ihr. Ich hätte es wissen müssen. Die Kassiererin kam sofort. Die Blonde reichte ihr den Ring: »Den hat er gestohlen.«

Am meisten ärgerte ich mich über das »er«, es hielten mich zwar auch sonst alle für einen Jungen, aber sie hätte mich wenigstens fragen können.

Die Schwarzhaarige wog den Ring in ihrer Hand. »Ganz schön schwer«, sagte sie, sah die Blonde an, dann wieder mich. »Also, wo hast du den Ring her?«

»Von meinem Vater«, sagte ich und fühlte mich mit einem Mal müde.

Sie warf der Blonden einen Blick zu, den ich nicht zu deuten wusste, und ließ ein kurzes Lächeln sehen. »Du wartest hier«, sagte sie zu mir, behielt den Ring in der Hand und verschwand mit der Blonden flüsternd hinter einem Vorhang.

Ich sah mich im Laden um, nicht sicher, ob es gut oder schlecht gelaufen war. Ich hätte alles Mögliche einstecken können, sogar die Kasse war unbeaufsichtigt, aber ich schlich mich nach hinten, um zu lauschen. Als ich nah genug am Vorhang war, kam die Blonde heraus und fragte mich nach meinem Namen und der Adresse. Ich antwortete nicht und sie nahm mich am Arm, ging mit mir nach vorn. »Der Ring sieht wirklich wertvoll aus.« Ihre Stimme klang jetzt angenehmer und ich hatte das Gefühl, dass die Sache vielleicht doch nicht so schlecht gelaufen war. Dann fragte sie mich nach meiner Mutter und ich sagte, sie sei ausgewandert, einfach abgehauen, aber mein Vater und ich, wir seien dageblieben. Eigentlich hätte ich der Blonden gern mehr über meine Mutter erzählt, aber wo hätte ich anfangen sollen?

Eine Frau betrat den Laden und musterte uns neugierig. Die Schwarzhaarige kam von hinten und setzte sich an die Kasse. Ich sah die Blonde fragend an, doch die war plötzlich nur noch an den Regalen interessiert, sie wischte den Staub aus den Ecken, von den Bierflaschen, sogar von den Mehltüten. Sie hatte große Hände, kräftig und mit blauen Adern; größer und kräftiger als die Hände meines Vaters. Als die Tür aufging und der Uniformierte hereinkam, begriff ich sofort. Es war der Polizist mit den buschigen Augenbrauen, dem mein Vater noch vor ein paar Stunden die zwei Mark dreiundachtzig auf den Tisch gelegt hatte. Er betrachtete mich, als hätte er mich noch nie gesehen. Während die Schwarzhaarige berichtete, wippte er mit dem Fuß und sah sich im Raum um. Erst, als die Blonde ihre Version zum Besten gab, hörte er aufmerksamer zu, musterte ihre Oberarme und die Brüste unter dem schmutzig-weißen Kittel. Er nahm ihr den Ring aus der Hand, berührte wie zufällig ihren Arm und fragte nach meiner Adresse. Als wir den Laden verließen, saß die

Schwarzhaarige an der Kasse, und die blonde Verkäuferin winkte uns hinterher. Ich war nicht sicher, wem ihr Winken galt.

»Du erinnerst mich an was«, sagte der Polizist. Wind fuhr durch die Straßen, und der Himmel sah regnerisch und finster aus. Ich war müde und hungrig, wollte nach Hause und hoffte, dass mein Vater nicht die ganze Rinde vom Brotkanten abgebissen hatte. Der Polizist hielt mir die Haustür auf und ließ mich, während ich zwei Stufen auf einmal nahm, nicht aus den Augen. Mein Vater öffnete beim ersten Klingeln, als hätte er hinter der Tür gestanden und auf mich gewartet. Er schien gar nicht erstaunt, den Polizisten zu sehen, und während er mit ihm sprach, dachte ich, dass sein kakifarbener Anzug viel zu groß für ihn war. Oder war mein Vater einfach zu klein, zu klein für jede Art von Anzug? Welche Geschichte würde er mir erzählen, wenn der Polizist verschwunden war?

Auch meine Geschichte war in Wirklichkeit eine ganz andere. Ich ging gleich mit dem Ring zu der schwarzhaarigen Verkäuferin, sagte meinen Spruch auf und reichte ihr das Schmuckstück. Sie wog den Ring in ihrer Hand, betrachtete ihn kurz und prüfend, ließ ihn in ihrer Kittelschürze verschwinden. Sie gab mir zwei Flaschen Goldbrand und Zigaretten. Leider hatte ich das Eis nicht erwähnt. Vor unserem Haus stand ich eine Weile da, bis sich mein Herzschlag beruhigte. Dann nahm ich zwei Stufen auf einmal, und mein Vater öffnete beim ersten Klingeln, als hätte er hinter der Tür gestanden und auf mich gewartet.

Die Scham über die Armut war meine eigentliche Kleidung. Doch es war nicht nur die Armut, mein Vater pisste ins Waschbecken, obwohl andere Väter es auch schafften, die Toilette, auf halber Treppe, zu benutzen. Es stank in der Küche, und dieser Geruch schien an mir zu haften, wenn ich auf die Straße ging. Ich war daran gewöhnt, dass mein kurzes Haar, obwohl ordentlich gekämmt, schmutzig war; und doch gab es Blicke, die sich mir einbrannten, wenn etwa die Mutter einer Schulkameradin mich an der Tür abfertigte, ihre Tochter sei nicht zu Hause. Die Blicke aus Mitleid waren nicht besser, ich war wütend auf mich, wenn ich mitspielte, mich für die Gaben bedankte, Kuchen, belegte Brote, ein Glas Wasser. Mein Bauch war ein schwarzes Loch, und soviel ich auch verschlang, ich wurde nicht satt. Ich nahm lange nicht zu, kein Gramm. Wenn ich mir meinen Blick als Mädchen vorstelle, so ist er verschlagen, verstellt, und vor allem wütend. Hochmütig und wütend, denn ich hatte längst von anderen Welten gelesen, in denen auch aus mir etwas werden konnte. Es sollte noch dauern, bis der in mir glühende Kern mir das nötige Zutrauen gab.

Da zu sein, ist eine immense Kraftanstrengung. Noch heute habe ich Angst vor Armut. Ich habe an jedem Ort, wo ich länger lebe, ein Überlebenspaket im Keller gelagert.

Früher stellte ich mir oft vor, ich sei in der Gosse gelandet, wie meine Mutter mir einst vorhergesagt hatte, und dort zeigte ich meinen Mitgenossen und Komplizen meine zwei Goldplomben im Mund, als Beweis, dass ich einmal bessere Zeiten gesehen hatte. Doch diese Szene bringt mich inzwischen zum Lachen: Wem will ich was beweisen? Ich bin die, die ich bin, keine andere.

Yvette Intim

»Ja, das ist meine Tochter.« So hatte ich sie das noch nie sagen gehört, Stolz klang in ihrer Stimme mit, sie sah mich an, als würde sie mich lieben.

Dann verabschiedete sie sich mit einem knappen Kopfnicken in Richtung des Polizisten. Auf der Straße nahm sie meine Hand und ich weiß noch, wie ich mein Gesicht übermütig in die Frühlingsluft hielt, eine Frühlingsluft, die aus Abgasen, Rauch und einem feinen Aschenebel bestand, aus dem Duft des Flieders, dem Geruch feuchter Häuserwände und der Wärme der Sonne darauf. Wind blies meiner Mutter den blonden ausgebleichten Pony aus der Stirn und ich erwiderte ihren Blick, sah sie an, als würde ich ein Bündnis besiegeln, und dann sagte sie: »Erzähle, erzähl mir alles.«

Ich versuchte, die Geschichte so zu erzählen, dass sie ihr gefiel, denn auf irgendeine mir unverständliche Weise schien es ihr Eindruck gemacht zu haben, dass ich in der Kaufhalle gestohlen hatte. Dass sie mich erwischt hatten, gefiel ihr weniger und ich verschwieg ihr auch, dass ich mir in die Hosen gepinkelt hatte, als der grauhaarige Verkäufer mich gebeten hatte, mit nach hinten zu kommen. Er hatte mich leise und höflich angesprochen, ganz selbstverständlich, als wäre dies eine alltägliche Bitte. Als er die Tür hinter sich geschlossen hatte, wurde seine Stimme strenger und er verfluchte meine zwölf Jahre, mit denen ich noch nicht haftbar gemacht werden konnte. Er stand vor mir, mit einem staubigen Lächeln im Mundwinkel, und sagte: »Solche wie dich hätten wir früher vergast.«

Während ich neben meiner Mutter lief, erzählte ich von einem fairen Verhör und erwog die Möglichkeiten, mich beim nächsten Mal geschickter anzustellen; niemand sollte mich je wieder erwischen. Ich hatte mich unter ihrem Blick halb betrunken geredet, ich wollte es ausnutzen, dass sie mir zuhörte. Ich erzählte ihr, wie ich die gestohlenen Sachen auf einen Tisch ordnen musste und dass ich, als der Verkäufer aus dem Raum gegangen war, das meiste hinter einem Schrank verschwinden ließ.

Meine Mutter nickte zustimmend. Ich verschwieg, dass ich die Flasche »Yvette Intim«, eine ölige Reinigungslotion für den Intimbereich, geöffnet und versucht hatte, davon zu trinken. Ich wollte mit Blaulicht ins Krankenhaus gefahren werden, um so einer Strafe zu entgehen. Aber die Flüssigkeit hatte derartig scheußlich geschmeckt, dass ich nicht mehr als einen kleinen Schluck hinunterbekommen hatte.

»Ich könnte was zu trinken brauchen«, sagte meine Mutter. Ich glaubte, mich verhört zu haben; ich konnte mich nicht erinnern, je mit ihr in einem Café gewesen zu sein. Sie ließ mich los, schirmte mit der Hand die Augen ab, als blendete sie die Sonne, dann hielt sie mir die Tür auf und wir betraten das Café. Sie bestellte einen Kakao mit Sahnehäubchen für mich und entschied sich selbst für einen Kaffee komplett. »Seit wann lebst du so abenteuerlich?«, fragte sie, als wäre ich eine Fremde. Dann blickte sie über mich hinweg aus dem Fenster, ich glaube, sie erwartete nicht wirklich eine Antwort darauf. Ich trank meinen Kakao und in Gedanken sah ich, wie der grauhaarige Verkäufer mir die Flasche mit der Reinigungslotion aus der Hand nahm und einen Lachanfall bekam. Er rief die anderen Mitarbeiter nach hinten und erzählte ihnen unter höhnischem Gelächter, wie ich, die kleine Schlampe, mich von innen reinigen wollte.

Meine Mutter rührte im Kaffee und ich wünschte mir, sie würde meine Hand berühren oder mir sagen, wie ähnlich ich ihr sehe, doch im selben Augenblick durchfuhr mich eine böse Ahnung. Um ihren Verhörmethoden zuvorzukommen, log ich ihr mit sanfter Stimme ins Gesicht. »Dich habe ich nie bestohlen«, sagte ich, aber ich hätte genauso gut das Gegenteil behaupten können, sie hatte mir nicht zugehört.

Stattdessen lächelte sie gedankenverloren und erzählte, dass ihr immer der Mut gefehlt habe, lange Finger zu machen, aber in ihren Träumen sehe es ganz anders aus. Schließlich betrachtete sie mich mit einem Lächeln, und ich erzählte ihr, dass für mich Stehlen eine Art Sport sei, denn oft hätte ich mit der Beute gar nichts anfangen können. Ich wünschte mir, ich dürfte ewig so mit ihr dasitzen, aber sie legte, ohne den Kellner zu rufen, einen Geldschein auf den Tisch und sagte: »Lass uns gehen, es gibt einiges zu besprechen.«

Auf der Straße hatte ich Mühe, ihr zu folgen, sie hielt ihre Handtasche mit einer Hand an die Seite gepresst und lief mit kleinen eiligen Schritten. Sie hatte sehr viel Rouge aufgelegt, trug schwarze Lackschuhe, einen hellen Mantel mit großem Revers, sie sah aus wie eine elegante Frau. »Du musst diese Gabe von deinem Vater haben«, sagte sie und wandte sich zu mir um.

»Ich weiß es nicht«, sagte ich, ohne zu lügen, ohne dem Spott in ihren Augen auszuweichen. Sie hasste meinen Vater, aber vielleicht hasste sie nicht alles an ihm. Wenn sie wütend auf mich war, hob sie seine schlechte Haltung, seine schlechte Haut und seinen unendlich schlechten Charakter hervor, und ich bemühte mich, aufrecht zu gehen, ihm so unähnlich wie möglich zu sein. Aber diesmal war es anders, diese Gabe, wie sie es nannte, hatte uns einander nähergebracht, und zum ersten Mal schämte ich mich nicht dafür, den Namen meines Vaters zu tragen. Inzwischen war es später Nachmittag, wir gingen auf dem Bürgersteig zwischen den heimwärts strebenden Menschen mit ihren Feierabendgesichtern und ich hatte das Gefühl, weder zu ihnen noch zu meiner Mutter zu gehören.

»Du musst mir all deine Tricks verraten«, sagte sie und blieb vor dem Fenster eines Juwelierladens stehen, in dem massig funkelndes Zeug herumlag. Sie lächelte mich von der Seite her an und ich war mir sicher, dass sie mich überschätzte. Sie blickte durch die Fensterscheibe und zwischen zwei Atemzügen sah es so aus, als wollte sie diese einschlagen, aber dann gingen wir weiter und sie fragte mir Löcher in den Bauch; ob ich noch andere Langfinger kennen würde, was ich mit dem Diebesgut bisher gemacht und ob ich auch schon in dem neuen Kaufhaus geklaut hätte. Zu Hause angekommen, ging sie gleich in die Küche und ich hörte sie Wasser aufsetzen, Geschirr aus dem Schrank nehmen, alles Dinge, die eigentlich in meinen Aufgabenbereich gehörten. Ich rührte mich nicht, wusste nicht, was tun, sollte ich in mein Zimmer verschwinden, den Fußboden fegen, ein Buch in die Hand nehmen? Für einen

Augenblick malte ich mir ein neues Leben aus, nicht von Wut und Hass diktiert, ein Leben, in dem ich von meiner Mutter mit einem komplizenhaften Lächeln empfangen wurde. Ich malte mir aus, was ich alles für sie stehlen würde, Parfüm, Kleider, schöne Taschen, da trat sie auf die Zimmerschwelle, mit einem Tablett in den Händen, und sah mich mit einem großen erwartungsvollen Lächeln an. Ich nahm ihr das Tablett ab und begann, den Tisch zu decken. Sie setzte sich, goss sich ein Glas Wein ein, zündete eine Zigarette an und inhalierte tief.

»Es ist lange her«, sagte sie, »dass wir es uns gemütlich gemacht haben.« Sie hielt mir den Brotkorb hin, ich nahm mir eine Scheibe und setzte mich. Ich würde nicht viel essen können, der Kakao lag mir im Magen, aber noch schwerer wog die Erinnerung an dieses eklige Zeug, das ich am Vormittag in der Kaufhalle getrunken hatte. Ich sah wieder den grauhaarigen Verkäufer vor mir; nachdem er seine Kollegen nach vorn geschickt hatte, stand er allein mit mir im Raum. Er nahm mir die Flasche aus der Hand und roch daran. »Ich versuche nur, dir zu helfen«, sagte er, »wenn du nachher gehst, wirst du nie wieder was Unrechtes tun, aber vor allem wirst du nie wieder klauen.« Er reichte mir die Flasche und sagte mit verjüngter Stimme: »Versuch's noch mal, trink, mein Mädchen.«

Nach dem vierten Schluck begann ich, mir die Seele aus dem Leib zu kotzen, und dieser grauhaarige Irre legte mir dabei seine Hand auf die Stirn.

Meine Mutter blies Rauch aus der Kehle, drückte die Zigarette aus, sah mich an und sagte, sie sei sich sicher, meine Diebesbeute sinnvoll verwenden zu können. Sie sagte es mit derselben harschen und erstaunten Stimme, mit der sie mich sonst an meine Pflichten erinnerte, mir Aufgaben erteilte, mit der sie mich beschimpfte und verfluchte. Sie saß konzentriert vor mir und entwarf Pläne. Irgendwann begriff ich, dass diese Pläne nichts mit mir zu tun hatten und ich ihnen dennoch entkommen musste. Sie fuhr sich mit den Fingern durchs Haar, lächelte und trank, wollte im Plauderton noch alles Mögliche wissen. Wie ich den Raum im Auge behalten würde? Ob es besser in großen oder kleinen Filialen ginge? Und das neue Kaufhaus, wie sei das gesichert? Dann streichelte sie meine Hände und bewunderte, wie zart, langfingrig und geschickt sie doch seien. Später als sonst, viel später, gingen wir zu Bett.

Als ich eingeschlafen war, träumte ich von einem groben, schweren Gaul, der durch die Straßen trottet. Aus der Stadt hinaus kommt das Pferd an einen vereisten See. Es trottet eine ganze Weile über das Eis, das plötzlich in der Mitte bricht, und das Tier wird in die Tiefe gezogen. Aber es ertrinkt nicht, sondern trottet auf dem Grund des Sees weiter, als wäre nichts geschehen und der Grund des Sees eine ihm vertraute Landschaft.

Am nächsten Morgen gab mir meine Mutter den Einkaufszettel, auf dem mehr als sonst stand, und natürlich keinen Pfennig Geld. Ich hatte keine Angst, dass sie mich erwischten, das würde ich schon hinbekommen, obwohl ihre Einkaufsliste durchaus speziell war. Aber ich wusste, irgendwann würde meine Mutter die Beute nicht mehr zufriedenstellen, sie würde andere Dinge von mir verlangen.

Ich hatte verschiedene Ahnungen, die sich erfüllten, und oft wurden sie von dem Ehrgeiz meiner Mutter übertroffen. Seither habe ich nie wieder von einem Bündnis mit ihr geträumt. Es gibt kein Entrinnen, das begriff ich damals zum ersten Mal, aber auch das ist eine andere Geschichte.

Meine Mutter schien es nicht zu kümmern, wie ich aussah. Haare gekämmt, das reichte. Dass sie stolz auf meine Fähigkeiten als Diebin war, erstaunte mich schon damals nicht. Sie war Kellnerin in der Mitropa und erzählte, wenn ihr danach war, wie sie die Gäste betrog, sie schrieb manchmal das Dreifache der eigentlichen Summe auf die Rechnung. Später im Kinderheim wurde ich zur Meisterdiebin, ich veranstaltete

Wettbewerbe, immerhin gelang es mir, während ich mit einer Verkäuferin sprach, zehn Schlagersüßtafeln einzustecken.

Also: Meisterdiebin, aber auch eine Meisterin darin, abzuhauen. Sechsjährig riss ich das erste Mal aus, als meine Mutter mich mit einem Einkaufszettel kurz nach zwölf auf die Straße schickte. Ich hatte keine Lust auf den Zorn, der mich zu Hause erwartete, und fuhr in der Zugtoilette eingeschlossen von Leipzig nach Berlin. Später gab es immer wieder Republikfahndungen nach mir, die einsetzten, wenn ich mehr als drei Tage nicht aufgetaucht war.

Dieses Ausreißen steckt mir heute noch tief in den Knochen. Es hat mir in der Kindheit geholfen, den Ort des Schreckens zu verlassen, mich nicht auszuliefern, kein Opfer zu werden. Es hat mich wunderbare Welten entdecken lassen, ich schlief im Wald, begann, anders zu sehen, zu riechen und zu schmecken. Glücksgefühle, Gegenwart. Es hat mir Angst genommen. Aber das Ausreißen ist eben auch ein Weglaufen; vor Bindungen, zu viel Nähe. Das Bedürfnis, allein zu sein, die Angespanntheit lösen zu dürfen, die mich unter Menschen befällt, ist der Grund, warum ich Freundschaften beende und recht schnell mit Trennung drohe. Es geht so weit, dass ich mir den Boden unter den Füßen wegreiße, um im Unrecht zu sein und verstoßen zu werden.

Gespenster

Es war Heiligabend, wieder einmal. Ich schlitterte mit ausgebreiteten Armen über die gefrorene Pfütze, die dank meiner Rutscherei wie ein blank gelutschtes Bonbon vor mir lag. Die Fenster in den fünfstöckigen Mietshäusern waren erleuchtet, manchmal konnte ich Gestalten hinter den Scheiben erkennen oder den Funkentanz von Wunderkerzen.

Meine Schwester saß klein und schmal auf der Bank und hielt ihre Knie umschlungen. Ich schlitterte noch einmal lustlos über das Eis, dann ging ich zu ihr. Die Äste eines Essigbaums streiften mein Gesicht, und ich roch die Kälte des Baums, während ich mich über sie beugte und ihr die Mütze über die Ohren zog, ihren Schal fester band. Sie trug einen Kunstledermantel, der nicht sehr warm hielt, ich hatte ihn etliche Winter vor ihr getragen. Ich lief kreuz und quer über den Rasen, der zwei Straßen voneinander trennte, und der Schnee unter meinen Füßen knirschte und erinnerte mich an meinen leeren Magen. Ich rief meiner Schwester zu, sie solle mit mir herumlaufen, sich bewegen, von mir aus auf und ab springen. Sie antwortete nicht, hielt sich nur die gewölbten Hände vor das Gesicht. Wir hatten ein kleines Programm vorbereitet, unter dem Weihnachtsbaum wollten wir Gedichte aufsagen und Lieder singen, ich hatte uns aus Krepppapier Kostüme gebastelt. Unsere Mutter würde uns rufen, wenn es so weit sei, hatte sie mit einer Stimme gesagt, die verschlafen geklungen hatte, schlecht gelaunt und überfordert, aber sie hatte es gesagt.

Hinter unserem Fenster im zweiten Stock rührte sich nichts, es kam mir vor, als wäre die Welt dahinter ausradiert. Ich wusste nicht, wie spät es war, mein Zeitgefühl war verschwunden und so ließ ich noch einige Atempausen verstreichen, nahm meine Schwester an die Hand, versuchte, etwas Lustiges zu erzählen, auch wenn ich nichts ausrichten konnte gegen ihr Schweigen, ihr schon stundenlang anhaltendes Schweigen. Sie fror, ihre Freude auf das Fest hatte sich in Enttäuschung verwandelt, sie bewegte ihre Beine marionettenhaft über den Schnee, ihre Hand lag ohne Widerstand in meiner. Als ich die Haustür öffnete, versuchte ich, meine Wut wegzuatmen. Die Treppen rochen frisch gebohnert, die Stufen waren abgetreten in der Mitte, wir zauderten auf jeder Stufe. In die Kalkwände hatten wir winzige Botschaften eingeritzt, Zeichen und Namen, die nur wir verstanden. Im ersten Stockwerk hörten wir Stimmen hinter der Tür und Klaviergeklimper. Das Klicken der Lichtuhr verstummte und wir gingen im Dunkeln weiter. Meine Schwester hatte sich eine Babypuppe gewünscht, und ein Angelspiel; das Angelspiel bestand aus einem viereckigen bunten Karton, einer Art Trockenaquarium, in dem Pappfische lagen, die man mit einem Magneten herausziehen konnte. Vor unserer Wohnungstür blieben wir stehen und horchten auf die Geräusche aus der Nachbarwohnung. Ich drückte auf den Lichtschalter und dann auf die Klingel, klingelte mehrmals, wartete, ließ die Pausen zwischen den Klingeltönen kürzer werden. Wir setzten uns auf eine der Stufen, träumten frierend vor uns hin, waren im Wegdämmern, als unten die Tür ging und Schritte nach oben kamen. Unsere Mutter stand mit verrutschter Frisur vor uns und presste die Hand auf ihre Brust, atmete flach, als würde sie keine Luft mehr bekommen. Sie sah gar nicht aus wie unsere Mutter. Ihr heller Wollmantel war schmutzig, der Lippenstift verschmiert, sie starrte uns aus ihren Messingaugen an und seufzte. Dann griff sie sich an den Kopf und zog die Perücke herunter, eine kurzhaarige, blond gelockte Perücke, und aus dem Seufzen wurde ein Husten. Sie schloss die Wohnungstür auf, und wir folgten ihr zögernd. Als sie im Bad verschwand, spähten wir vorsichtig nach einem Weihnachtsbaum und fanden eine noch zusammengeschnürte Tanne im Wohnzimmer auf dem Fußboden. Wir hörten, wie sie sich auf der Toilette übergab, und versuchten, es zu überhören. Am Küchentisch sitzend, betrachteten wir die Muster der Tischdecke; Weintrauben, Bananen und Äpfel, mal in blauen, mal in gelben Obstschalen. Eine der Bananen hatte ich mit einem roten Kugelschreiber übermalt.

Während meine Schwester schläfrig an ihren Fingernägeln kaute, begann ich, ihr den selbst gebastelten Papierrock überzuziehen, dann den Umhang und eine Art Schärpe, die ihr aber immer wieder über die Ohren rutschte. Ich selbst wickelte mich von Kopf bis Fuß in weißes Krepppapier ein. Schließlich kam sie, schon gewaschen und im Nachthemd, und setzte sich zu uns. Sie saß wortlos da, und nach einer Weile gab ich meiner Schwester das vereinbarte Zeichen, und sie erhob sich und begann zu singen. Aber sie kam über die erste Strophe des Liedes nicht hinaus, sie stotterte, verlor die Melodie und drehte sich einfach nur noch im Kreis, mit ausgebreiteten Armen, und ich stand daneben. Unsere Mutter lachte kurz auf, dann begann sie zu applaudieren, leise, dann lauter. Sie stand auf und klatschte noch, während sie ins Wohnzimmer ging, und kam zurück mit dem Angelspiel für meine Schwester und einem Märchenbuch für mich. »Fröhliche Weihnachten«, sagte sie, ganz und gar nicht fröhlich.

Dann kniff sie die Augen zusammen, begann, an sich herumzuzupfen und die Stirn in Falten zu legen. Ich blätterte in meinem Märchenbuch und erwartete die nächste Szene.

»Es kann alles nur noch schlimmer werden«, sagte sie. Die sonst üblichen Sätze folgten diesmal nicht, sie begann stattdessen zu schluchzen, ließ sich von Weinkrämpfen schütteln, legte Kopf und Arme auf den Tisch. Ich hatte aufzustehen, mich über sie zu beugen und beruhigend auf sie einzureden. Ich strich über ihr feuchtes, verschwitztes Haar, roch wieder die Kälte des Essigbaums, schloss die Augen, hörte das Flüstern und Murmeln der Nacht, ließ die Kälte des Essigbaums in jede meiner Poren sickern und begann, mit meinen Fingerkuppen zart über ihren Rücken zu streifen. Irgendwann entspannte sie sich, sie verlangte Umarmungen und die Zusicherung von Liebe. O ja, alles, was sie wollte. Ich war freigiebig, so wahllos freigiebig.

In dieser Nacht schlief ich mit meiner Schwester in einem Bett, und ich horchte noch lange, nachdem sie eingeschlafen war, auf ihre Atemzüge. Selbst im Schlaf flatterten ihre Lider und dann gab es eine Art Schauder, der ihr unter der Haut von den Füßen bis zu den Haarwurzeln rollte. Ich legte meine Hand auf ihre Stirn und versuchte, mir den kleinen, zerbrechlichen Schädel dahinter vorzustellen.

Am nächsten Morgen angelten wir die Pappfischchen aus dem Karton, warfen sie wieder rein, holten sie raus, bis wir es satthatten. Wir spielten »Was wäre wenn?« – was wäre, wenn wir im Lotto gewinnen würden, die Häuser mit den Dächern auf dem Boden ständen, wenn wir Riesen wären oder Gold kacken könnten? Was wäre, wenn wir Waisenkinder oder ganz allein auf der Welt wären? Aber stets kamen wir auf den Lottogewinn zurück, machten Pläne und legten Reserven für schlechte Zeiten an, und schließlich wurde der Lottogewinn für uns so real, dass wir ernsthaft begannen, uns vor Betrügern und Banditen zu fürchten. Irgendwann kam unsere Mutter über den Flur und klagte mit müder Stimme über Kopfschmerzen; die Silben schleiften, als sie mich in die Apotheke schickte.

Ich nahm das Geld für die Tabletten aus der Kellnertasche meiner Mutter und dazu fünfzig Pfennig für mich, und ich hatte nicht das Gefühl, etwas Unrechtes zu tun. Jedenfalls sagte ich mir nicht: Ich klaue das Geld. Es war eher ein Reflex, der das Geldstück in einem meiner wollenen Kniestrümpfe verschwinden ließ, sodass ich beim Laufen das Metall unter meiner Fußsohle spürte. Ich besorgte die Tabletten bei der

Notapotheke, wo ein weißhaariger Verkäufer zuerst ein Rezept wollte, mir die Tabletten dann jedoch so gab. Ich hatte zwischen zwei Tränen etwas von unerträglichen Schmerzen gemurmelt, und von Weihnachten; auf solcherlei Darbietungen verstand ich mich gut. Auf den Straßen war wenig los; zwei hellblaue Trabis parkten vor unserem Haus, ein Betrunkener torkelte den Schneeflocken und seiner Festtagsseele hinterher.

Ich brachte meiner Mutter ein Wasserglas und zwei Tabletten. Im Schlafzimmer waren die Vorhänge zugezogen. Ich wartete eine Weile, bis ich mich an das Dämmerlicht gewöhnt hatte. Eine Fliege surrte umher, eine Winterfliege, dachte ich und verfolgte ihren schwerfälligen Tanz. Meine Mutter setzte sich auf, nahm die Tabletten und das Glas, hustete trocken und seufzte mit geschlossenen Augen. Spülte dann die Tabletten hinunter, schüttelte sich, reichte mir wortlos das Glas und legte sich wieder hin. Vorsichtig schloss ich die Tür.

Im Kinderzimmer erwartete mich meine Schwester, die sich langweilte, und ich versuchte, so friedlich wie möglich mit ihr zu spielen. Ihr Leistenbruch, den sie seit dem Frühjahr hatte, war eine kleine Wölbung unter der Haut, eine Halbkugel wie ein durchgeschnittener Tennisball, und immer wenn sie sich zu sehr aufregte, trat diese Wölbung aus ihrer Leiste hervor. Dann musste ich ihr den Schlüpfer herunterziehen und mit dem Daumen die Kugel tief zurück unter die Haut drücken. Niemand wusste, warum sie diesen Bruch hatte, es schien, als wäre er über Nacht gekommen, und genau so sollte er wahrscheinlich wieder verschwinden, denn unsere Mutter dachte nicht daran, mit ihr zum Arzt zu gehen.

Am Nachmittag rief sie uns ins Wohnzimmer und wir halfen ihr beim Schmücken des Baums. »Spät ist besser als gar nicht«, sagte sie, und wir stimmten ihr eifrig zu. Sie hatte ihr kurzes, ausgedünntes Haar gekämmt und den Schönheitsfleck schräg über dem Mundwinkel mit schwarzer Tusche aufgefrischt. Ihr Morgenmantel rutschte von der Schulter, ließ ein Stück helles Fleisch sehen. »Und, freut ihr euch gar nicht?« Ihre Stimme klang nur selten freundlich. Wir versicherten ihr, wie sehr wir uns freuten. Schließlich gab es den Feiertagsfilm, eine Schnulze aus den Dreißigern; meine Schwester hockte links und ich rechts neben ihr auf dem Boden, sie saß im Sessel, und wir kraulten mit der nötigen Sorgfalt ihre Beine und durften den Film mit ansehen. Sie hatte die Beine ausgestreckt und bewegte manchmal ihre großen Zehen, wenn der Film sie zu sehr mitnahm. Zwischendurch ermahnte sie uns, ihre Beine zärtlicher, noch zärtlicher, zu kraulen. »Benutzt nur eure Fingerspitzen«, sagte sie mit verwaschener Stimme. Am Ende weinte sie immer, auch diesmal. »Ich hab euch doch lieb«, sagte sie, »ich bin doch eine gute Mutter?« Mit verweintem Gesicht tauchte sie dann endgültig aus ihrer Welt auf und sagte: »Ich habe mich mächtig für euch ins Zeug gelegt. Hab geschuftet wie ein Gaul.« Jajaja!, vervollständigte ich stumm den Übergang vom Weinen zum tränenlosen Elend: Ich schufte nur für euch, hätte inzwischen zwei, drei Autos haben können, sogar ein Haus. Ich wäre reich: Soll ich euch vorrechnen, was ihr mich jeden Tag kostet?

Nach diesen Worten verzog sie sich für den Rest des Tages in ihr Schlafzimmer. Ich las meiner Schwester aus dem Märchenbuch vor, beobachtete beim Lesen ihre zwei kleinen, scharfen Falten über der Nase. Ich dachte daran, ihr langes blondes Haar zu kämmen, doch noch im Abrollen dieses Gedankens hörte ich unsere Mutter rufen. Ich erkannte schon an ihrer Stimme, dass etwas nicht in Ordnung war. Die Stimme schlug durch die Wände, und nach jeder Silbe meines Namens schien eine Ewigkeit zu verstreichen.

Meine Mutter saß aufrecht im Bett, vor ihr lag die geöffnete Kellnertasche. »Es fehlt Geld«, sagte sie. Ich hatte längst nicht mehr daran gedacht, besser gesagt, der kleine Diebstahl war noch gar nicht richtig in mein Bewusstsein gedrungen. Ich leugnete alles.

»Ich hatte das Geld gezählt«, unterbrach sie mich,

die Augen auf mich geheftet, obwohl es so aussah, als würde sie durch mich hindurchsehen. Ich stritt weiter alles ab und spürte plötzlich die Münze zwischen meinen Zehen im Strumpf. Von einer Sekunde zur anderen bekam ich Angst, dass es Krieg geben könnte, dass Bomber am Himmel auftauchen und die Stadt zerstören würden. Ich spürte das eisige Blau des Himmels hinter meinen Augen, schüttelte immer noch den Kopf.

Auch am nächsten Tag stellte sie mir hinterhältige Fragen, aber inzwischen war die Lüge für mich zur Wahrheit geworden. Dann waren die Feiertage vorbei, und ich ging wieder zur Schule. Meine Schwester brachte ich in den Kindergarten. Sie hatte Schatten unter den Augen, blinzelte in einem fort, noch mehr als sonst, und antwortete kurz und ausweichend auf meine Fragen. Das ging tagelang so, bis sie überhaupt nicht mehr mit mir sprach. Einmal erwachte ich nachts, weil sie Schreie ausstieß, und ich stand auf, zog ihr den Schlüpfer herunter und drückte die Wölbung zurück an ihre Leiste. Sie knirschte mit den Zähnen, und ihre kleinen Hände waren zu Fäusten geballt. Als ich früh aufwachte, hatte ich das Gefühl, der Schlaf wäre traumlos an mir vorbeigerattert, rhythmisch hämmernd, wie ein Zug auf dem Nebengleis. Ich schaltete das Licht an, setzte mich auf die Bettkante meiner Schwester und streichelte ihre schlafwarme Haut. Noch immer hatte sie einen sorgenvollen Ausdruck im Gesicht. Plötzlich kam sie hoch, stand auf, und während sie sich wortlos anzog, sah sie mir eindringlich in die Augen, als wollte sie mir etwas mitteilen. Dann begann sie, ihre Fäuste in die Luft zu stoßen, die Luft schien ihr Widerstand zu bieten, ihre Fäuste stießen stets irgendwo an, führten die ausholenden Bewegungen nicht zu Ende, und endlich brach ihr Gesicht auf. Als sie zu weinen begann, nahm ich sie in die Arme, zog ihr den Schlüpfer herunter, drückte die Kugel zurück, versuchte, sie zu beruhigen, ein Wort aus ihr herauszulocken, das mir erklärte, was los war. Irgendwann sagte sie etwas von Gespenstern, und ich versprach ihr, sie zu vertreiben.

Nach der Schule holte ich meine Schwester ab, die wieder mit mir sprach, ab und an sogar übermütig hüpfte. In der Wohnung waren wir allein, was hieß, dass unsere Mutter irgendwann auftauchen würde, und darauf mussten wir vorbereitet sein.

»Warum sind wir eigentlich Geschwister?«, fragte meine Schwester, während ich ihr ein Senfbrot schmierte. Ich wusste nicht, was ich antworten sollte, wusste auf die vielen Warum-Fragen meiner Schwester selten etwas zu sagen. Ich war mir bei vielen Fragen und Antworten in unserer Familie nicht sicher; eine Frage konnte vielfältige Antworten haben. Je nach Tageszeit und Laune wechselten die Gesetze; das, was heute falsch war, konnte morgen richtig sein. Unsere Mutter konnte sich beispielsweise darüber aufregen, dass ich sie bestohlen hatte, und mich gleichzeitig zum Klauen in die Kaufhalle schicken.

Wir putzten die Schränke und wischten den Boden, zwischendurch betrachteten wir immer wieder die Zuckertüte, an der ein dicker Bleistiftstrich den Inhalt anzeigte, auch auf dem Etikett der Sirupflasche war so ein Strich gezogen. Die ganze Wohnung war voll mit solchen Zeichen, und am sichersten war es, so wenig wie möglich anzurühren.

Es war spät, als das Geräusch des Schlüssels in der Wohnungstür unser Alleinsein beendete. Wir konnten schon an der Art, wie sie den Schlüssel drehte, erkennen, wie ihre Laune war. Dann stand sie in der Tür, und wir beeilten uns, ihr die beiden Taschen abzunehmen. Noch sah es so aus, als wäre sie nicht ganz da, ihre Gedanken woanders. Wir folgten ihr über den Flur, wo sie im Gehen die Haarklemmen und die Perücke vom Kopf nahm und auf den Boden fallen ließ. »Ich bin kaputt, müde und kaputt«, sagte sie und setzte sich auf einen Küchenstuhl. Meine Schwester sammelte auf dem Flur die Haarklemmen auf. Ich blieb reglos hinter ihr stehen, hörte sie tief Luft holen, roch den Zigarettenrauch in ihrer Kleidung. Sie streifte sich die Schuhe von den Füßen und legte den Kopf auf den Tisch. »Kratz mich«, sagte sie, »kratz meinen Kopf.«

Obwohl ich ihren Wunsch stets voraussah, ekelte ich mich doch jedes Mal aufs Neue, wenn ich mich über ihren Kopf beugte. Ich begann, sie zu kratzen und lautlos ihre Haare zu zählen, deren rote Ansätze wie Haken aus der hellen Kopfhaut stachen, und plötzlich spürte ich den angestauten Zorn unter ihrem Schädel, die Wut, die sich wie in einem Gefäß angesammelt hatte. Es war gefährlich, mit diesem Kopf unvorsichtig umzugehen. Schließlich gab sie mir mit einer Handbewegung zu verstehen, dass es genug war. Sie erhob sich, kramte in ihrer Tasche und fand die Zigarettenschachtel. Sie wischte einen Krümel von der Tischkante, zündete sich eine Zigarette an und kniff die Augen zusammen. »Wie war die Schule?« Ihr Lächeln war bemüht und schien sie anzustrengen, es sah so aus, als stemmte sie Gewichte mit ihren Mundwinkeln nach oben.

»Gut«, sagte ich. Jaja, ich bin sehr beliebt in unserer Klasse, sitze allein in der letzten Reihe und stinke vor mich hin, besitze ein einziges Kleid und trage kaputte Schuhe, und die Jungs, und nicht nur die, machen einen großen Bogen um mich. Nicht mal du kennst all die Schimpfnamen, die sie mir verpassen, und trotzdem habe ich Angst, nach Hause zu kommen.

Für die Dauer eines Atemzugs entließ sie mich aus ihrem Blick, nahm einen Geldschein aus ihrer schwarzen Kellnertasche und reichte ihn mir.

»Hol mir zehn Flaschen Helles«, sagte sie, fixierte mich noch einmal, erhob sich und kontrollierte die Sauberkeit in der Küche. Ich hörte sie etwas zu meiner Schwester sagen, nahm mir zehn leere Flaschen und verteilte sie auf zwei Netze. Vor dem Haus atmete ich tief durch und sog die Dunkelheit ein. Offenbar war heute ein guter Tag, sie war zwar nicht besonders gut gelaunt, aber dafür schien sie nicht mehr an die gestohlenen fünfzig Pfennig zu denken.

Ich ging die menschenleere Straße entlang, vorbei an modrig riechenden Mauern, am Straßenrand müde flackernde Laternenlichter. Wir wohnten in einem Industrieviertel, in dem die Häuser noch Kriegsspuren trugen, sodass manche Mauern Landkarten ähnelten. In jeder freien Ritze wuchsen Sträucher und hohes Unkraut. Über den Dächern dichter Rauch aus den Fabrikschloten, Wäscheleinen vor dem Fenster zum Hof, in den Treppenhäusern der Geruch nach Essen. Die Kneipe hieß »Jahns Ruhe«, und von dem erleuchteten Schild lachte mich ein Bier trinkender Mann an.

Ich öffnete die Tür mit meinem Ellenbogen, ohne die Netze abzusetzen, stieß beim Hereinkommen einen Stuhl um. Ich stand vor der Theke, gab mich munter und tat selbstverständlich, als wäre ich alt genug, um Bier trinken zu dürfen. Ich spürte, wie die Männer an den Tischen und am Tresen mich flüchtig betrachteten, während ich mit dem Fuß wippte, beschämt und gleichzeitig erleichtert darüber, dass sie es nicht für nötig befanden, ihre Blicke länger auf mir ruhen zu lassen. Der Wirt zeigte lächelnd seine Zähne und machte die üblichen Späße über mein Alter und meine vom Rauch tränenden Augen. Ich erwiderte sein Lächeln, holte den Geldschein aus der Hosentasche und zahlte. Während ich die Flaschen einpackte, gab er mir das Wechselgeld zurück, dabei fielen ein paar Münzen auf den Boden, und ich beeilte mich, sie aufzuheben. Der Wirt hielt mir die Tür auf und ich versuchte, mein Lächeln zu halten, obwohl das Gewicht der vollen Flaschen an meinen Schultern riss. Auf der Straße schaffte ich zwanzig Schritte, dann stellte ich die Bierflaschen ab, ruhte mich vor einem angelehnten Fenster aus und horchte auf die Stimmen dahinter. Sie klangen fröhlich und übermütig, und ich hatte das Gefühl, als meinten die Menschen genau das, was sie sagten.

Als ich die Wohnungstür aufschloss, war alles dunkel. Ich stellte vorsichtig die Flaschen ab und ging auf Zehenspitzen ins Bett. Während ich versuchte einzuschlafen, glaubte ich, die gleichmäßigen Atemzüge meiner Schwester zu hören; ich vernahm jedenfalls kein Stöhnen, das auf Albträume hindeutete, und ich konnte auch nichts Weißes entdecken, das wie ein Gespenst durch die Gegend huschte. Aber dann, schon im Einschlafen, hörte ich die Türklinke, hörte Schritte und die flüsternde Stimme meiner Mutter, die meine Schwester weckte. Sie erwachte sofort und folgte ihr wortlos. Ich lag eine Weile da und hatte Angst vor dem, was ich entdecken würde; mir war klar, dass sie nachts kein Fest für meine Schwester veranstaltete. Ich stand auf und schlich über den Flur, nah an der Wand, wo der Fußboden am wenigsten knarrte. Ein Lichtspalt schimmerte unter der Wohnzimmertür, ich hörte Musik und stellte mir das Plattencover dazu vor. Es war ein Lied von Elvis, dessen Hüftschwung unsere Mutter manchmal zu kopieren versucht hatte. Ich sah durch das Schlüsselloch auf die gegenüberliegende Wand, an der zahlreiche Uhren hingen, sah den Teppich mit dem Sonnenblumenmuster, das dunkelrote Sofa und darauf meine Schwester, nackt. Ich versuchte, mich zu erinnern, wann und wo unsere Mutter all die Uhren zusammengesammelt hatte, aber dann befahl ich mir, meine Schwester anzusehen. Sie hatte die Augen geschlossen, die Hände zu kleinen Fäusten an den Bauch gepresst; es sah aus, als ob sie etwas flüstern würde. Und da war das Gespenst: unsere Mutter, ein weißes Laken über den Kopf gezogen, trat ins Bild; auf Höhe der Augen waren zwei Löcher in den Stoff geschnitten. Sie setzte sich auf das Sofa, neben meine Schwester. Ihre Hand hing wie ein Raubvogel in der Luft, dann stieß sie im Sturzflug herab. In ihrer Hand blitzte eine Nadel, eine silberne Nadel, und diese stach in die Haut, wieder und wieder, in Arme, Beine und Rücken. Ich versuchte, die Schreie meiner Schwester nicht zu hören, versuchte, mich auf die Stimme unserer Mutter zu konzentrieren, die eisig das Zimmer erfüllte. Mal redete sie mit ihrer eigenen Stimme, dann wieder stieß sie dunkle, kehlige Laute aus, aber sie stellte immer die eine Frage: »Wo ist das Geld, wo sind die fünfzig Pfennige?« Irgendwann lief sie mit schnellen Schritten durch das Zimmer, auf und ab; schließlich setzte sie sich erschöpft auf das Sofa, verharrte regungslos neben meiner Schwester, und es war nur noch die Stimme von Elvis zu hören. Er sang immerzu: »Love Me Tender, Love Me True«, die Platte schien zu haken.

Am nächsten Morgen konnte ich meiner Schwester nicht in die Augen sehen. Ich kniete vor ihr und begann, zaghaft über die Einstiche in ihrer Haut zu streichen. Hielt den Tanz ihrer boxenden Arme und Beine nicht auf. Drückte die Kugel zurück in die Leiste. Ich wusste nicht, was geschehen würde, ich wusste nur, dass meine Schwester wieder schlafen, friedlich schlafen sollte.

An diesem Tag hatte unsere Mutter frei. Nachmittags saß sie im Bademantel am Küchentisch, eine Tasse Kaffee vor sich, in der Hand ein zerfleddertes Groschenheft aus dem Westen. Auf einen Blick erfasste ich ihre sentimentale Stimmung, die so schnell umschlagen konnte. Sie hatte Tränen in den Augen, wie so oft; nah am Wasser gebaut nannte sie das. Sie legte das Heft auf den Tisch und sah zu mir hoch. »Deine Schwester war's«, sagte sie. »Du hast Glück gehabt.«

Ich versuchte ein Schulterzucken und starrte auf einen Krümel in ihrem Mundwinkel, starrte so lange auf den Krümel, bis mir übel war vor Hoffnungslosigkeit.

»Kraul meinen Rücken«, sagte sie, ließ den Morgenmantel von ihren Schultern fallen, legte den Kopf auf die Arme. Sie atmete tief durch und ich blieb hinter ihr stehen. »Wenigstens du bist mein braves Pferdchen«, sagte sie und entließ einen Seufzer, der zufrieden klang. Ich bemühte mich, geräuschlos zu atmen und meinen Kopf von allen Gedanken zu entleeren. Sie blickte auf und sagte: »Nun mach schon, fang endlich an.« Ich rührte mich nicht und ließ meine Hände in der Luft verharren. Meine Mutter setzte sich auf, hob die Kaffeetasse, trank aber nicht, dann stellte sie die Kaffeetasse wieder ab und drehte sich um. »Was soll das?«, fragte sie.

Ich versuchte, den Gesichtsausdruck hinzubekommen, der meine Schwester wütend machte, wenn wir uns stritten. Ich schürzte den rechten Winkel meiner Oberlippe und pfiff leicht durch die Zähne. Unsere Mutter sah mich ungläubig an, als wüsste sie nicht, wer ich war. Sie betrachtete mich von Kopf bis Fuß, und ich hörte das Geräusch erst, als der Stuhl schon auf dem Boden lag, verzögert – ich hatte gerade daran gedacht, dass sie die gleiche Luft ein- und ausatmete wie ich. Sie hatte sich erhoben, den Stuhl mit dem Fuß weggestoßen, ihr Atem lärmte durch das Zimmer. Sie blieb dicht vor mir stehen. »Was geschieht hier? Bist du krank, oder was?« Ihre Stimme zitterte. Ich versuchte, an etwas Lustiges zu denken, aber mir fiel nichts ein, ich schürzte die Lippen und pfiff immer weiter. Ihr Fingernagel traf meine Wange, ein Kratzer, vielleicht auch ein Riss. Ich wusste, es würde nichts nützen, mit ihr zu reden. Die Schläge kamen schnell, trafen mein Gesicht, meinen Hals, den gesamten Körper, ich wich ihnen nicht aus. Ich konzentrierte mich auf mein Pfeifen und hielt still. Ich spürte, wie sie mir büschelweise Haare aus der Kopfhaut riss. Sie durfte nicht aufhören, ich musste sie in die Erschöpfung treiben, in die endgültige Erschöpfung, bis sie zu nichts mehr fähig war in dieser Nacht, außer zu ihrem eigenen Schlaf. Irgendwann konnte ich nicht mehr pfeifen, ich spuckte ihr ins

Gesicht. Ich lag auf dem Boden, und kurz bevor ich die Schmerzen nicht mehr aushielt, versuchte ich, in ihnen zu leben. Ich war da, hier, auf dieser Welt, das Gesicht meiner Mutter so nah über mir. Ich fühlte Tränen auf meiner Haut, und ich wusste nicht, ob es ihre oder meine waren. Ich empfing ihre Schläge in dem klebrigen Gefühl absoluter Hingabe. Der Schmerz weichte mich auf, und das war gut so, ich befand mich an einem Ort, wo ich mich für nichts mehr entscheiden musste. Meine Poren atmeten die Kälte des Universums aus, die Kälte des Essigbaums, und ich dachte: Ich liebe dich.

Dieser Schrecken und die Lust meiner Mutter an diesem Schrecken waren das eine. Das andere: Ich war schuldig. All die Jahre habe ich mir gesagt, es sei ausweglos gewesen. Doch das stimmt nicht. Ich war schuldig. Hätte ich meine Lüge zugegeben, meine Mutter hätte von ihr abgelassen. Der rechte Zeigefinger meiner Schwester, auch ihr Wutfinger genannt, war mit wildem Fleisch bewachsen, weil sie so oft hineinbiss. Sie war meiner Mutter so viel mehr ausgeliefert, sie hatte keine liebende Großmutter gehabt, keine Bücher, von ihren Tagträumen wusste ich nichts.

Es gab eine Zeit, da liebte ich meine Schwester. Ich war ein halbes Jahr bei meinem Vater gewesen, ohne meine Schwester zu sehen, und die Wiedersehensfreude war groß. Nach dieser langen Abwesenheit standen wir uns gegenüber, sprachlos, scheu, staunend. Wir umkreisten uns, zupften an unserer Fremdheit, konnten nicht voneinander lassen, wie Liebende. Ich war kaum zwei Tage wieder da, als ich die fünfzig Pfennige stahl. Ich konnte es nicht zugeben, ich war zu feige. Ich sehe mich dastehen, ohne einzugreifen, ohne meiner Schwester zu helfen. In mir wird es dunkel und schwer. Durch das Schreiben trete ich in Kontakt mit den Verletzungen von früher, und die Erkenntnis ist schmerzhaft. Schuldig! Ich verschränke die Arme und will nicht weiterschreiben. Ich wünsche mir einen anderen Beruf.

In meiner Kindheit wollte ich Bibliothekarin oder Blumenbinderin werden; ich erinnere mich, wie ich schon im Frühling Veilchen und Buschwindröschen pflückte, die in der Vase ziemlich schnell verwelkten. In meiner Jugend träumte ich davon, Psychologin oder Kriminalkommissarin zu werden. Doch ich konnte nicht anders wählen. Schreiben ist mir der einzig verlässliche Raum. Denn in all der Ausweglosigkeit gab es immer eine Sehnsucht, und jetzt schreibe ich schon wieder das Wort »immer«. Diese Sehnsucht war darauf gerichtet, dass ich mir all das, was passierte, merken müsste und erzählen, wenn auch ganz anders; es sollten Abenteuergeschichten werden. Es war das, was mich den Schmerz ertragen ließ, ohne abzustumpfen, später, dachte ich, später. Es war der Blick aus dem Küchenfenster, den ich mir einprägen wollte, während ich abwusch oder Kartoffeln schälte. Der Kirschbaum vor dem Fenster gab mir im Frühling ein Gefühl der Hoffnung, im Herbst maß ich die Entfernung für einen gelungenen Sprung, es waren ungefähr vier Meter zum Kirschbaum, zwischen Daumen und Zeigefinger verschwand die Entfernung.

Hölle oder Himmel

Es ging auf Ostern zu und mein Vater würde sich verändern. Verwandelt in einen anderen, hätte er nichts anderes im Sinn, als Fachbücher zu lesen, Stricke auf ihre Reißfestigkeit zu überprüfen, wie ein Apotheker würde er Tabletten auf eine kleine Waage häufen oder sich Blumensträuße mit stark duftenden Blüten neben sein Bett stellen. Die Vorbereitungen würden am Karfreitag in den Morgenstunden beginnen, und der Versuch, sich aus dem Leben zu schaffen, würde den Ostersonntag mit einigem Durcheinander beenden.

Ich muss ungefähr fünf Jahre alt gewesen sein, als er damit begann. Er schickte mich mitten in der Nacht durch die menschenleeren Straßen zur Apotheke und ließ mich an der Tür mit dem roten Kreuz klopfen. Wir wohnten zu dieser Zeit in einer Kleinstadt und als ich das dritte Mal mit der Ausrede erschien, ich hätte die Tabletten verloren, alarmierte der Apotheker die Polizei. Ich war sechs, als mein Vater nachmittags mit einem großen Rucksack loszog, der mit Steinen gefüllt war, um sich in einem Teich zu ertränken. In meinem siebten Lebensjahr versuchte er, sich auf der Eckbank seiner Lieblingskneipe die Pulsadern aufzuschneiden; er setzte an beiden Handgelenken waagerechte Schnitte. Im Jahr darauf sprang er aus dem dritten Stockwerk und brach sich die Beine und einen Fuß. Eine Pilzvergiftung schenkte er mir in meinem neunten Jahr zu Ostern, und im zehnten atmete er irgendwelche Dämpfe ein, die seine Augen reizten und ihn maßlos wütend machten. Wahrscheinlich bereitete er sich deshalb zu meinem elften Osterfest wieder sorgfältiger vor.

In diesem Jahr schleppte er Taschen voller Flaschen an. In den Flaschen waren Bier, Weinbrand und ein klarer Fusel, der sich Bergarbeiterschnaps nannte. Er ordnete die Flaschen auf dem Tisch, die Etiketten nach Osten ausgerichtet. Karfreitag legte er sich auf das Sofa und begann zu trinken. Was für ein langweiliger Versuch, sich zu Tode zu bringen, dachte ich, mein Vater trank auch sonst und vertrug eine ganze Menge. Ab und an lachte er laut oder rief mich zu sich und begann zu dozieren. Dann stellte er beispielsweise fest, dass früher die Selbstmörder als Wiedergänger gefürchtet waren, weshalb man ihre Leichen verbrannte oder in einem Fass ins Wasser warf. Er war stolz auf dieses Wissen; jede Kreatur brauche ein Spezialgebiet in ihrem Leben, sagte er. Wale können sich über Tausende von Kilometern durch Gesänge verständigen, Bienen tanzen, um einander den Weg zu zeigen, das Chamäleon wechselt seine Farben. Es gibt für jeden Menschen etwas, worin er gut ist, lallte er und leerte die Flasche Goldbrand bis auf den letzten Tropfen.

Ich schlich mich davon, kletterte in den Hinterhöfen über Zäune, Dächer und Hofmauern, gelangte so von Straße zu Straße, klopfte an Fensterscheiben und erschreckte die Leute. Ich kannte jeden Winkel der Kleinstadt aus der Kletterperspektive. Während ich auf einem Dach saß und rauchte, versuchte ich mir vorzustellen, was mich zu Hause erwartete.

Sein Kopf hing über der Sofalehne, er schnarchte, doch das Dilemma, wie er sein Leben nannte, hatte ihn nicht verlassen. Der Plattenspieler lief noch, ein knisternder Ton war zu hören.

Auf den Übergang komme es an, hatte er einmal zu mir gesagt. Er müsse mit einem Bein in der Hölle oder im Himmel stehen, um weiterleben zu dürfen.

Ich hörte, wie er sich nachts erbrach. Am nächsten Vormittag stand er in der Küche, ein wenig wacklig, als wäre er einer schweren Krankheit entronnen. Ich schlich mit angehaltenem Atem durch die Wohnung, es stank erbärmlich, das Wohnzimmer war aufgeräumt, die leeren Flaschen entsorgt. Was würde mich erwarten? So früh war es noch nie zu Ende gewesen. Mein Vater sah nicht besonders ramponiert aus, eher zufrieden. Die gestrigen Eskapaden erwähnte er mit keinem Wort. Ich hatte keine Erfahrung mit einem zweiten Versuch, doch als ich ihn genauer betrachtete, wusste ich, er würde es darauf ankommen lassen. Ich schloss eine Wette mit mir selbst ab, welche Methode er diesmal wählen würde, und entschied mich für einen Stromschlag. Es wäre eine Meisterleistung, dies zu überleben; mein Vater müsste die Einwirkungsdauer der Stromdichte berechnen, dürfte nicht schwitzen und sollte Gleichstrom statt Wechselstrom wählen; all dies hatte ich schon lange in der Bücherei gelesen. Ich hatte, wie so oft, keine Ahnung, wie dieses Osterfest ausgehen würde.

Im vergangenen Jahr war nicht viel geschehen, eine Fensterscheibe war zerbrochen, die mein Vater erst mit Pflaster überklebte, später dann selbst kittete; ein Nachbar verlor beide Beine bei einem Verkehrsunfall und musste seitdem im Rollstuhl sitzen; der letzte private Betrieb, eine kleine Firma, die Sanitärwaren herstellte, wurde Volkseigentum; für jedes Neugeborene gab es tausend Mark Beihilfe.

Mein Vater sah nicht gut aus. Obwohl es für diese Jahreszeit ungewöhnlich kalt war, steckten seine nackten Füße in Sandalen, aus denen seine schmutzigen und viel zu langen Zehennägel ragten. Er hatte seit Tagen weder Hemd noch Hose gewechselt. Sein Gesicht wirkte konzentriert, während er, die Hände zu Fäusten geballt, durch die Wohnung lief. Er trank Kaffee und rauchte, wahrscheinlich hatte er noch Restalkohol intus, ich sah ihn nichts essen, und er fragte auch mich nicht, ob ich Hunger hätte. Als ich mich erkundigte, ob er seine Herztabletten noch einnehme, sagte er, Tabletten habe er noch nie nötig gehabt, er habe ein Herz wie ein Pferd. Er begann, die Stühle und den Tisch aus der Küche in den Flur zu räumen, prüfte die Dichtheit der Tür und des Fensters, summte einen Schlager.

Er hatte sich dieses Jahr für seine Krankschreibung ein Magenleiden zugelegt. Er war Malermeister in einem kleinen Betrieb, und irgendwie schaffte er es, jedes Jahr nur diese eine Krankschreibung einzureichen. Ich wünschte mir, Ostern möge bald vorbei sein. Es machte mir mehr aus als in den vorangegangenen Jahren, ich hatte seine Verrücktheiten einfach satt. Ich wollte endlich einmal zu Ostern meine Ruhe haben und Ostereier suchen. Ich wusste nicht, warum er so sehr an diesen selbstmörderischen Ritualen hing. Er hatte nie einen Abschiedsbrief geschrieben.

Ich hatte keine Lust, geduldig zu warten. Ich begann, ihm beim Ausmessen der Fenster zu helfen, kontrollierte seine Ergebnisse auf dem Papier, half ihm, den Zollstock zu halten, die Oberfenster fest zu verschließen. Er beäugte mich misstrauisch, aber ließ es geschehen. Allzu gern hätte ich gewusst, wofür die Maße bestimmt waren, was diesen Vorbereitungen folgen sollte. Es war ein frühlingshafter Tag. Nachmittags ging er durch den Vorgarten, zog seinen Pullover aus, hob die Hände und blieb mit nacktem Oberkörper in dieser Haltung stehen, auch als ein Nieselregen einsetzte, rührte er sich nicht vom Fleck. In den anderen Gärten hingen bemalte Ostereier an den Bäumen, Kinder spielten, Nachbarn sahen aus dem Fenster. Ich schämte mich für meinen Vater, und zugleich schämte ich mich für meine Scham. Es war schwierig, ihm zu helfen. Wie sollte ich den Abendbrottisch decken, wenn er doch verhungern wollte. Wir hatten nie über seine Selbstmordversuche gesprochen, die zu unserem Leben gehörten wie für die anderen der alljährliche Osterbraten.

Als ich ins Bett ging, war es deutlich kälter geworden, doch er stand immer noch da, inzwischen völlig durchnässt. Ich begann, mich um seine Gesundheit zu sorgen, er würde sich noch den Rest holen, da draußen, dann aber dachte ich, dass eine Erkältung von ihm durchaus einberechnet war, vielleicht wollte er an Schwäche und Unterkühlung sterben. In dieser Nacht blieb ich wach. Mein Vater kam frühmorgens ins Zimmer, legte sich wortlos zu mir ins Bett und schlief sofort ein. Er hatte noch nie in meinem Bett geschlafen, was hatte das zu bedeuten? Ich hörte seine Atemzüge, die in einem hohen Pfeifen endeten, dann wiederum schien er gar nicht zu atmen, ich lag steif vor Schreck, bis seinem Mund endlich wieder Luft entwich. Ich hatte Angst um ihn und Angst um mich, ich verstand diese Anstrengungen nicht, die für ihn nötig waren, um leben zu können. Eng an die Wand gedrückt, versuchte ich einzuschlafen, doch es gelang mir nicht. Ich stand auf, zog mich an, verließ die Wohnung und schlich über die Dächer. Die ersten Vögel wurden laut, ich mochte es, ihre Rufe zu deuten; heute zwitscherte einer: »Wehe, wehe, wehe.« Meine Mutter wohnte mit meiner Schwester in einer anderen Stadt. Ich hatte sie lange Zeit nicht gesehen. Vielleicht waren sie auch umgezogen, die Briefe an mich kamen ohne Absender an. Mein Gesicht sah dem meines Vaters ähnlich, über meinen blauen Augen würden mir später buschige Brauen zusammenwachsen; ansonsten war ich mager, meine dünnen Beine mit den Knotenknien versteckte ich in langen Hosen. Die Jungs interessierten sich für mich, weil ich wie ein Affe über Zäune und Dächer klettern konnte und Zigaretten von meinem Vater stahl; doch an diesem Tag würden sie bei ihren Familien sein. So kletterte ich allein über die Dächer, flache, spitze; über Teerdächer, Ziegeldächer, denen Ziegel fehlten, über Dächer von Abrisshäusern, die mir die liebsten waren. Ich stieg in ein leeres, nach Feuchtigkeit riechendes Haus und sah mich um: verschimmelte Matratzen, alte Zeitungen, Lumpen. Ich hatte schon eine Menge Zeug auf meinen Streifzügen gefunden, Bücher, Spielzeug, Geschirr, in einer alten Wanduhr ein blaues Samtkästchen mit Silberlöffeln, zwischen den Seiten einer Bibel mehrere Tausend Reichsmark.

Zu Hause saß mein Vater vor einer Kiste mit Fotos, als ich eins betrachten wollte, räumte er sie weg. Er setzte sich an den Wohnzimmertisch und schrieb etwas; als ich mich über ihn beugte, um zu lesen, was er geschrieben hatte, legte er die Hand darüber. Warum schloss er mich aus? Doch dann machte er Tee, schnitt Brot, stellte Wurst und Käse auf den Tisch. Er schien guter Dinge zu sein, er scherzte sogar, als ich ihm später half, das Fenster zu kitten. Ich putzte die Toilette, bohnerte die Treppen, wischte den Hausflur. Was wäre, fragte ich mich, wenn er diesmal wirklich sterben wollte? Ich konnte es nicht wissen, bis zu dem Augenblick, wo es überstanden war. Mein Vater hatte die Hände auf das Fensterbrett gestützt und sah hinaus. Es war ein heller, sonniger Tag, und während er die Griffe der Fenster abmontierte, bemerkte ich, dass er seinen besten Anzug trug. Wir wuschen gemeinsam das Geschirr in der Küche ab. Dann trug er den Gummibaum auf den Flur, und als er zurückkam, klingelte es. Er öffnete die Tür und begrüßte einen früheren Arbeitskollegen und Saufkumpan, den ich schon ewig nicht mehr bei uns gesehen hatte. Mit einer Handbewegung gab er mir zu verstehen, dass ich verschwinden sollte. Durch den Türspalt konnte ich beobachten, wie mein Vater ihm etliche Kleidungsstücke gab; er legte ihm Hemden, Pullover, Hosen und zwei Anzüge in die Arme. Er brauche die Sachen nicht mehr, auch in Wochen oder Monaten nicht, versicherte er dem Kollegen.

»Warum gibst du deine Sachen weg?«, fragte ich.

»Unnötiger Ballast«, sagte er lächelnd, als würde er über den Dingen stehen. Dann begann er, die Fensterritzen zu verkleben. All dies deutete auf etwas unausweichlich Schreckliches hin, es geschah vor meinen Augen, aber ich konnte es nicht glauben. Als er eine Matratze aus seinem Schlafzimmer über den Flur in die Küche schleifte, half ich ihm dabei und versuchte, ein Gespräch anzufangen. Ich fragte ihn alles Mögliche, er antwortete einsilbig und legte die Matratze vor den Gasofen. Dann holte er den Plattenspieler aus seinem Zimmer und stellte ihn daneben auf den Boden. Ich brachte ihm die Schallplatten. Er besah sich die Hüllen und wählte nach längerem Kopfschütteln eine Platte aus. Irgendwann war ich überzeugt, nicht das Geringste tun zu können, um ihn von seinem Vorhaben abzubringen. Von diesem Augenblick an wurde ich ruhiger und beschloss, bei ihm zu bleiben. Er begann, Staub zu wischen, und wies mich an, ihm zu helfen. Als wir fertig waren, sagte er: »Wisch du den Küchenboden.« Wenig später stand er im Türrahmen und deutete auf einen Fleck neben dem Herd. Noch ehe ich reagieren konnte, war er auf den Knien und wischte wie ein Besessener mit der Hand über den Boden, dann hielt er inne, sammelte Spucke in seinem Mund, bespie den Fleck und rubbelte weiter. Ich stand auf und betrachtete seinen Rücken, der mit den Jahren immer gebeugter geworden war, seine derbe Knochenstruktur, die kurzen Glieder; ein kleiner Mann bäuerlicher Herkunft, aber das lag lange zurück, war die Geschichte seiner Vorfahren.

»Ich möchte heute mit dir ins Kino gehen«, sagte ich über seinen Rücken hinweg. Er antwortete nicht, und ich wiederholte den Satz. Er hob langsam den Kopf und sagte: »Die Küchengardinen müssen noch gebügelt werden.«

»Du bist mein Vater«, sagte ich, und ich sagte es wütend. »Du bist noch nie mit mir ins Kino gegangen, in den Wald oder einfach so spazieren, du bist überhaupt nirgends mit mir hingegangen.«

Als er sich erhob, murmelte er wie im Selbstgespräch: »Aber das Leben ist kein Spiel, und was weißt du denn schon davon.« Er wrang den Lappen in der Spüle aus. »Nichts weißt du.«

»Kann sein«, sagte ich, »aber ich wünsche mir, dass du heute mit mir ins Kino gehst.«

»Nein, ich werde hierbleiben.« Er sah müde aus und eine feine Kette von Schweißperlen glänzte auf seiner Stirn.

»Dann bleibe ich auch«, sagte ich. »Ich mach uns was zu essen.«

»Ich habe keinen Hunger«, sagte er und leerte den Aschenbecher, wischte nochmals über den Tisch, entfernte auch die letzte Schmutzspur vom Boden; er verhielt sich, als gäbe es mich nicht, als sei ich es, die ihm sein Osterfest vermiesen würde, und nicht umgekehrt. Am späten Nachmittag war alles sauber, der Boden glänzte, die Bettdecken lagen Kante auf Kante, die Kopfkissen hatten in der Mitte einen Knick, die Türklinken funkelten, weit und breit kein Fleck auf den Türen und Möbeln. Das Thermometer vor dem Küchenfenster zeigte vierzehn Grad Celsius, der Himmel war bedeckt, zwischen den Dächern und Schornsteinen flog ein laut krächzender Krähenschwarm. In dem Vorgarten gegenüber waren die Bäume mit bemalten Eiern geschmückt. Ich ging durch die Wohnung, wusste nicht, was tun. Mein Vater stand vor dem Spiegel und schnitt sich die Haare in den Nasenlöchern. Er fluchte leise, so, wie er jeden Tag fluchte; nur schnitt er sich nicht jeden Tag die Nasenhaare, das passierte nur einmal im Jahr.

Dann war er dabei, die Scheiben mit Zeitungspapier zu verkleben. Mir wurde kalt vor Wut. Natürlich würde die ganze Arbeit, das Zeug von den Scheiben zu entfernen, an mir hängen bleiben, und ich würde Stunden dafür brauchen. In der Küche roch es nach Duosan Rapid; wenn er doch Büroleim genommen hätte, den bekam man mit Wasser und Ata wieder ab. Schließlich hatte er alle Scheiben beklebt; meine Wut verflog, als ich sein Gesicht sah, arglos, gelassen, mit einem Anflug von Freude. Ich sah, wie er früher gewesen sein könnte, lange vor meiner Zeit. Er hatte auf seine Art dem Leben zugelächelt und trotz aller Widrigkeiten darauf bestanden, zufrieden zu sein. Ich dachte daran, wie es für ihn jedes Mal gewesen sein mochte, wenn ihn die Ärzte zurückgeholt und sein Herumstolzieren vorm Höllentor beendet hatten. Er musste sich unverletzlich vorgekommen sein, der Liebling aller Schutzengel. Ich stellte mir seinen gleißenden Flug vor, wie er majestätisch an den Menschen vorbeiglitt, seiner selbst sicher, aus einer Sphäre kommend, von der sie nichts wussten und die ihnen für immer verschlossen blieb. Natürlich war die Wirklichkeit eine andere. Wie oft hatte ich ihn in seinem Erbrochenen liegen gesehen, in seinem Kot, um Atem ringend, das Gesicht verheult. Und manchmal musste ich keinen Arzt holen, weil er von allein wieder aufwachte. Ich wusste, dass die Nachbarn uns um die Osterzeit mehr Aufmerksamkeit schenkten, uns neugierig, hämisch und sensationslüstern beobachteten; sich jedes Mal an die Stirn tippten, wenn sie an unserem Haus vorübergingen.

Ich bleibe, wiederholte ich, und er warf theatralisch die Arme in die Luft: »Nur, weil ich dein Erzeuger bin, musst du dich nicht verpflichtet fühlen.«

Ich hatte das Gefühl, als fiele der Satz unter Gleichen, als würde er mich endlich ernst nehmen. Nicht nur deshalb sagte ich: »Du weißt, dass es nicht so ist.« Ich sagte es mit allem Pathos, das mir zur Verfügung stand.

»Dann zieh dich um«, sagte er ebenso pathetisch und strich mir übers Haar. »Und kämm dich«, fügte er nach einer kurzen Pause hinzu.

An der Wand neben dem Spiegel blätterte die Farbe ab. Als ich mich gewaschen und gekämmt hatte, reinigte ich das Waschbecken und fuhr mit einem Handtuch über den Spiegel. Ich entdeckte eine Wimper auf meiner Nase, pustete sie mir vom Finger und wusste nicht, was ich mir wünschen sollte. Ich zog mir die karierte Hose an und den roten Silasticpullover.

Mein Vater saß im Dämmerlicht auf der Matratze, neben sich zwei Gläser und eine Flasche. Er hatte eine kleine Funzel von höchstens fünfzehn Watt eingeschaltet und lauschte irgendeiner klassischen Musik. Mein Herz pochte so wild und laut, als wollte es die Musik übertönen. Es roch nach Gas.

»Mussorgski«, sagte mein Vater, »›Bilder einer Ausstellung‹«, und winkte mich zu sich. Er hatte sich die frisch geputzten Schuhe ausgezogen und unter den Tisch gestellt. Ich setzte mich neben ihn, lehnte mich an die Herdklappe und mein Vater gab mir ein gefülltes Glas. »Trink«, sagte er, und es klang wie ein Befehl. Ich trank und musste husten. Der Schnaps brannte in meiner Kehle, doch sofort wurde mir warm in der Bauchgegend. Er nahm mir das Glas aus der Hand, stellte es ab. »Ich hab Klavierstunden genommen, früher«, sagte er und starrte die Decke an, als wäre ihm diese Mitteilung peinlich. »Aber darin war ich kein Meister.« Er machte ein gurgelndes Geräusch, als hätte er sich verschluckt. »Du musst keine Angst haben«, fuhr er fort, »dieser Tag ist meisterhaft vorbereitet.« Er gab mir erneut das Schnapsglas. Diesmal musste ich nicht husten.

»Wäre das hier eine Olympiade, ich käme mit einer Goldmedaille nach Hause.« Er seufzte und ich konnte den Alkohol riechen. Dann entledigte er sich im Sitzen seines Jacketts, rollte es zusammen, legte sich hin und schob sich das zusammengerollte Kleidungsstück unter den Kopf. Er trug ein dunkelrotes Hemd, dazu eine grün-weiß gestreifte Krawatte. »Na, dann wollen wir mal«, sagte er. »Alliance passée.« Das war eine Redewendung, die er oft gebrauchte, keine Ahnung, was sie bedeutete. Auf jeden Fall schien es mir, sie hatte etwas mit Schnelligkeit zu tun, und das kam mir in diesem Augenblick nicht gerade angemessen vor. Überhaupt kam mir bisher alles ziemlich gewöhnlich vor, ich wusste nicht, was tun, damit es feierlicher werden könnte. Zudem wollte ich meinen Vater nicht enttäuschen. Ich war dankbar für sein Vertrauen. Wir waren Komplizen.

»Hast du eigentlich eingekauft?« Ich war überrascht, wie nüchtern seine Stimme klang. »Toilettenpapier und all das.« Er hatte sich noch nie um Toilettenpapier und all das gekümmert, ich hatte auch nichts eingekauft. Aber ehe ich antworten konnte, war er schon aufgestanden. »Verdammter Mist«, murmelte er, »es hört sich einfach nicht so an, wie es sich anhören sollte.« Er schaltete das Deckenlicht an, betrachtete missmutig die Plattenhülle, öffnete den obersten Hemdknopf. »Wenn ich etwas nicht vertragen kann«, sagte er, »sind es deutsche Dirigenten, die sich an russischen Stücken versuchen.« Er ließ die Platte noch einmal vom Anfang spielen. Stand eine Weile da und wiegte seinen Kopf. »Hörst du das? Das soll der Gnom sein. Und er lässt ihn marschieren, er lässt ihn tatsächlich marschieren.« Er atmete angestrengt. »Hörst du das? Kein Funke russischer Seele in dieser Bürokratenhand. Der Gnom muss stolpern, nicht marschieren!«

»Vielleicht eiert die Schallplatte«, sagte ich und spürte das kühle Metall des Herdes an meinem Hinterkopf.

»Sie eiert nicht!«, sagte er. »Dieser Staubsohn versteht nichts von Mussorgski.« Er schaltete das Licht aus, setzte sich zu mir und tastete nach der Flasche. Ich hörte ihn trinken und zwischendurch Luft ausstoßen. Als wäre er sein eigener Schatten, sah ich nur noch die Flasche vor mir, die er mir schon eine Weile hingehalten haben musste. Ich nahm den letzten Schluck.

»Das ist kein altes Schloss, das ist eine Kate«, fluchte er weiter gegen den Dirigenten, seine Stimme immer noch nicht die eines Betrunkenen.

Ich hörte den Fernseher der Familie über uns, dann vernahm ich ein Seufzen und wusste nicht, woher. Der Fernseher musste sehr laut eingestellt sein, und den Seufzer konnte nur Gott ausgestoßen haben. An den Gasgeruch hatte ich mich gewöhnt, ich nahm ihn gar nicht mehr wahr. Aber irgendwie hatte der Raum jetzt ein Gewicht, und die Farbe an den Wänden schien zu knistern. Ich schaffte es gerade noch, mich hinzulegen. Der Alkohol brauste durch meine Glieder. Wind pfiff knapp über den Boden hinweg. Wir waren auf See, und ich vertrug den Wellengang nicht. Ich spürte, wie mir übel wurde, speiübel. Ich suchte nach der Hand meines Vaters, stattdessen landete meine Hand in den Geräuschen des Fernsehers über uns.

Ein Hubschrauber, sanfte Propellerdrehungen, helle Spitzendeckchen, die vom Himmel regneten und grüne Wiesen bedeckten. Die Schwester über mir trug ein weißes Häubchen, der Ventilator an der Decke summte. Die Luft roch nach Klebstoff. Ich blinzelte, es fiel mir schwer, meine Augen zu öffnen. Die Schwester lächelte mir zu und strich mir über die Stirn. Meine Arme hingen an Schläuchen, mein Mund kam mir vor wie verrutscht.

Als es dunkel wurde, roch ich die nächtliche Frühlingsluft durchs Fenster, ahnte die Nähe des Sommers, und im Morgengrauen fand ich mich glücklich, ohne Erstaunen glücklich. Die Helligkeiten wechselten, Tage später wurde mein Bett in ein anderes Zimmer geschoben. Meine Atemzüge füllten das Leben, als wäre es eine riesige Kathedrale. Ich würde den Wechsel der Jahreszeiten erwarten, es würde irgendwann Ostern werden, bestimmt.

Diesmal hatte mein Vater es geschafft. Sein Herz hatte nicht mehr mitgespielt. Beim Ausräumen der Wohnung fand ich mehrere Packungen seiner Tabletten, er musste schon vor Monaten damit aufgehört haben, sie zu nehmen. Und während ich an seinem Grab stand und die Sonne zwischen den Bäumen verschwand, hörte ich sein forderndes »Alliance passée!, Alliance passée!« und sprach sie ihm zu, die Goldmedaille.

Ich habe die Erzählung kurz nach dem Tod meines Vaters geschrieben. Ich wollte ihm mit dieser Geschichte eine Art Denkmal setzen, ihm einen poetischen und selbstbestimmten Tod zuschreiben, ihm sein einsames Sterben ersparen. Meine Schwester schilderte mir seine letzten Wochen. Als er von seiner Diagnose, Lungenkrebs, erfuhr, war er schon so geschwächt, dass er es gerade noch zum Kiosk schaffte und auch nur die winzigen Schnapsflaschen für die Jackentasche kaufen konnte. Er war vierundsiebzig Jahre alt, Kettenraucher, seine Fingerspitzen gelb vom Nikotin.

Während ich die Erzählung schrieb, setzte die Erinnerung ein, bruchstückhaft, und dann kam sie mit voller Wucht. Es gab die Selbstmordversuche meines Vaters, und ich sehe das Mädchen vor mir, nachts durch die Straßen laufen zur Notapotheke. Damals verunsicherte mich vor allem die Lüge, denn ich hatte ja keine Tabletten verloren. Mein Vater hatte tatsächlich die Ritzen in der Küche isoliert, mich und sich mit Tabletten betäubt, den Gasofen aufgedreht. Meine Mutter hatte uns rechtzeitig gefunden. Wir waren davongekommen. Die Wiederholung dieses Davonkommens spielt für mich eine große Rolle; als würde ich das Leben erst dadurch spüren, verliere ich mich ab und an in unwürdige, groteske Situationen, aus denen ich nur mit Scham und immenser Selbstverachtung herauskomme. Erst, wenn ich die Selbstbestrafung abgesessen habe, denke ich, es kaum für möglich haltend: davongekommen.

Die Bindung an meine Mutter ist stärker gewesen, vielleicht kann ich deshalb meinen Vater trotz seiner Verfehlungen mit größerer Zärtlichkeit betrachten. Sein Verhalten war für mich weniger verheerend, das mag daran liegen, dass er nicht sadistisch war, nicht mit Vorsatz handelte. Er wäre bei einem Mord mit Totschlag »davongekommen«.

In meinem letzten Roman heißt er Schlucki. Er sitzt auf dem Boden, umgeben von vielen kleinen, leeren Schnapsflaschen, ich halte seinen Kopf, als er stirbt.

Eine Krankheit

Sie kam im Oktober, und man gab ihr die Vierunddreißig. Ich war eine der jährlich wechselnden Praktikantinnen und in drei Monaten würde ich diesen Ort schon wieder verlassen. Neun Monate lagen hinter mir, neun Monate in einem Kinderheim mit achtunddreißig Jungen und Mädchen, drei Erziehern, zwei Köchinnen, zwei Nachtwachen und einem Heimleiter.

Die Nummer vierunddreißig hieß Nelly, war vierzehn Jahre alt, rappeldürr, mit einem zu langen Hals, zu langen Gliedern, eine junge Giraffe mit schüchternem Blick. Die Nummer war in ihre Kleidungsstücke, Handtücher und ihr Bettzeug eingenäht, sie stand auf dem Leder ihres Ranzens und in ihren Schuhen. Nelly wurde in einem weißen Škoda gebracht und hatte außer ihrem Schulranzen keine Sachen dabei. Während die Frau von der Jugendhilfe auf den Heimleiter einredete, stand Nelly mit ernstem Gesicht daneben. Beim Abschied machte die Frau eine Bewegung auf Nelly zu, als wollte sie diese umarmen. Nelly wich zurück und wäre beinahe die Treppe hinuntergestolpert.

Der Heimleiter konnte mit ihr nicht viel anfangen, das war auf den ersten Blick zu sehen. Sie hatte etwas Jungenhaftes, Unbiegsames, nichts war weich an ihr. Das kurze Haar erinnerte an Vogelflaum, ihr Blick blieb verschlossen, aber sie erfüllte bereitwillig jede Aufgabe, die man ihr gab. Herr Stempel, der Heimleiter, ein übergewichtiger Beamter mit Ärmelschonern und einem Kindergesicht, trug ihren Namen bereits eine Woche nach ihrer Ankunft in die Liste der guten und vorbildlichen Kinder ein. Anfangs ärgerten sie die Kinder, nannten sie »Gerippe«, »Schneewittchen ohne Tittchen« oder »stilles Wasser«. Sie sprach kaum mit ihnen, und wenn sie beim Essenholen anstand, tippte ihr oft jemand von hinten auf den Rücken und sagte, an ihrer Schürze hingen zwei Fäden herunter. Jedes Mal drehte sie sich um und suchte nach diesen Fäden und nie kam sie auf die Idee, dass damit ihre Beine gemeint waren. Sie war nicht dumm, sie war einfach nur arglos und vielleicht auch ein wenig ängstlich. Aber das war, wie gesagt, Anfang Oktober.

Das Kinderheim lag in einer Senke zwischen zwei Dörfern, dicht neben einem See mit einem Gänsezuchtbetrieb. Das Geschnatter der Gänse war bis spät in die Nacht zu hören. Ich wohnte im Nachbardorf zur

Untermiete bei einer freundlichen alten Frau, zu der ich kaum Kontakt hatte. Das Heim trug den Namen »Geschwister Scholl«, es gab eine wöchentlich wechselnde Wandzeitung mit selbst verfassten Gedichten und Aufsätzen der Kinder, und überall hingen Bilder der Geschwister Scholl, umrahmt von weißen, angestaubten Papierrosen. Ich wollte Erzieherin werden, weil ich Kinder liebte und weil ich wusste, dass ich nie eigene Kinder bekommen würde.

Obwohl Nelly sieben Jahre jünger war als ich, erschien sie mir ziemlich erwachsen. An einem Nachmittag diskutierte ich mit den Kindern im Gruppenraum über den Klassenfeind, den Kapitalismus, und sie, die sich sonst kaum an Diskussionen beteiligte, fragte, was schlecht daran sei, ein Auto kaufen zu können, wenn man das Geld dafür habe, und warum es unmoralisch sei, auf einer griechischen Insel Urlaub zu machen. Es war nicht zynisch oder ironisch gemeint, sie wollte es wirklich wissen, einfach begreifen. Als sie die Frage stellte, warum Menschen in einem Land eingeschlossen werden konnten wie Tiere in einem Zoo, verstummten alle. Ich wechselte das Thema und versuchte später, mit ihr zu reden. Sie gab sich Mühe, meinen Antworten zu glauben, das sah ich, aber meine Fakten, die plötzlich wie Beteuerungen klangen, konnten sie nicht überzeugen.

Ständig sah man sie über Bücher gebeugt. Am liebsten lese sie Hemingway und Dumas, erzählte sie mir, die ersten Seiten vom »Graf von Monte Christo« kenne sie auswendig. Die Kinder schienen sie in den ersten Wochen nicht richtig wahrzunehmen. Nur beim Essen wurde sie neugierig beobachtet, denn sie schlang unglaubliche Mengen in sich hinein. Die Jungs fanden sie uninteressant, sie war weder gesellig noch kumpelhaft, und in gewisser Weise verstand ich die Jungs, man konnte sich einfach nicht vorstellen, sie küssen zu wollen. Ihr Mund war schmal und traurig, die Mundwinkel eingerissen, als würden ihr Vitamine fehlen. Die Mädchen mochten Nelly nicht, weil sie so wenig von sich erzählte; sie war schüchtern, aber das war für die Mädchen auf den ersten Blick nicht zu erkennen. Ihr einziger Pluspunkt schien zu sein, dass sie es so schnell in die Liste der guten, vorbildlichen Kinder geschafft hatte. Sie war die Erste beim Frühsport, ihr Bett war makellos gebaut, ihre Hausaufgaben waren vollständig und die Schuhe stets geputzt. Sie nörgelte nie, wenn sie früh mit den anderen das Heim verließ und auf der Landstraße zur Schule in die Stadt marschierte. Die Kinder liefen bei Wind und Wetter täglich drei Kilometer hin und drei zurück. Ich sehe sie noch vor mir, wie sie sich den Oktoberstürmen entgegenstemmten, und da, wo die Straße anstieg, hielten sie sich an den Händen.

Nelly mochte ungefähr zwei Wochen im Heim gewesen sein, als die Kinder begannen, sich mit Plänen für die Herbstferien zu beschäftigen; sie entwarfen bunte, übertriebene Wunschbilder. Die meisten durften nach Hause fahren, nur Nelly und zwei andere Kinder mussten im Heim bleiben. Die Familien konnten noch so zerrüttet, arm oder kriminell sein, die Kinder wollten immer heim zu ihren Eltern und Geschwistern. Nelly war in dieser Zeit besonders schweigsam. Ich hatte mir ihre Akte besorgt. Sie hatte eine neunjährige Schwester. Vater und Mutter waren Alkoholiker und oft tagelang nicht zu Hause; Nelly hatte wohl die meiste Zeit ihre Schwester versorgt und beaufsichtigt. Herr Stempel hatte bereits seine erste Einschätzung für das Jugendamt geschrieben; er fand Nelly diszipliniert, aber äußerst labil. Von einem Familienurlaub riet er ab.

Einen Tag vor den Herbstferien kam Nelly zu mir und klagte über Kopfschmerzen, Übelkeit und ein Rauschen im Ohr. Ich schickte sie zum Arzt, der ihr Tabletten und Dampfbäder verschrieb, aber es schien nicht besser zu werden. Abends sah ich sie in der Ecke des Gruppenraums sitzen, von einem gelblich fahlen Licht beleuchtet, und ich war mir nicht sicher, ob sie wirklich so blass war oder ob das Licht ihr diese Blässe gab.

Am nächsten Tag kamen die Kinder ohne Nelly aus

der Schule und ich war nicht besonders überrascht. Herr Stempel benachrichtigte wie üblich gegen Abend die Polizei; es passierte ab und an, dass Kinder erst zum Abendbrot ins Heim kamen, ein Vergehen, das mit Taschengeldentzug bestraft wurde. Beim Abendessen ging Nellys Name im Stimmengemurmel und Geklapper der Tassen und Teller unter, die Kinder waren mit sich beschäftigt und aufgeregt, weil sie am nächsten Tag nach Hause fahren würden. Auch ich fuhr am nächsten Tag zu meiner Familie und als ich nach einer Woche wiederkam, war auch Nelly wieder da. Die Polizei hatte sie zwei Tage nach ihrer Flucht in ihrem Heimatort aufgegriffen. Sie war ungefähr vierzig Kilometer zu Fuß gelaufen und den Rest der Strecke schwarz mit dem Zug gefahren. In ihrer Akte stand, dass sie seelenruhig mit ihrer Schwester durch die Straßen spaziert sei und, als der Streifenwagen neben ihr hielt, mit fester Stimme behauptet habe, sie sei nicht die Gesuchte. Eigentlich kam mir Nelly unverändert vor, obwohl sie Schatten unter den Augen hatte. Wie immer stopfte sie sich mit Essen voll, dabei nahm sie kein Gramm zu, im Gegenteil, ihre Arme und Beine wurden länger und dünner. Überhaupt wirkte ihr Kopf ziemlich weit von den Füßen entfernt, als hätte der eine Teil ihres Körpers nichts mit dem anderen zu tun. Sie schaufelte sich zum Mittagessen den Teller so voll, dass fast immer etwas herunterfiel. Gab es Hefeklöße, dann aß sie acht oder zehn davon und steckte sich trotzdem noch einige in die Schürzentasche, für später, wie sie sagte.

Der Heimleiter hatte sie aus der Liste der vorbildlichen Kinder gestrichen, dafür stand ihr Name jetzt in der Mittelgruppe; es schien ihr nichts auszumachen, sie blieb fleißig und unauffällig, stets war ihr Schrank aufgeräumt und sie übernahm weiterhin freiwillig Aufgaben: Sie fütterte die Fische und hielt das Aquarium sauber. Eines Abends entdeckte ich sie im Dunkeln bei den Fischen, und in dem blassen grünen Lichtschein sah ihr Gesicht traurig und verweint aus. Ich setzte mich neben sie und wir schwiegen eine Weile. Dann sagte sie, es sei ihr gleichgültig, dass sie nicht mehr auf der Liste der vorbildlichen Kinder stehe, aber Kopfzerbrechen bereite ihr, dass sie für ein Gefühl bestraft worden sei, für das sie nichts könne. Die Sehnsucht nach ihrer Schwester sei so groß gewesen, dass sie an nichts anderes mehr hätte denken können. Außerdem müsse sie ihre Schwester beschützen; überhaupt sei diese Sehnsucht eine verflixte Sehnsucht. Manchmal erinnere sie schon ein Geruch so sehr an ihre Schwester, dass sie sich übergeben müsse.

Ich wusste zuerst nicht, was ich ihr sagen sollte, solche Erfahrungen waren mir unbekannt. Aber irgendwie glaubte ich ihr, dass sie nur so hatte handeln können, und das sagte ich dann auch. Doch ich wusste auch, wenn jeder seinen Gefühlen nachgab, konnte ein riesiges Chaos entstehen.

Am nächsten Tag begleitete ich die Kinder auf ihrem Schulweg. Es war ein klarer, schöner Morgen. Schon bald ließen wir die flachen Ackerflächen hinter uns und kamen an der Apfelplantage vorbei. Als die Kinder anfingen, die letzten Herbstäpfel von den Bäumen zu pflücken, sah ich in Richtung Himmel und summte wie abwesend ein Lied und als Nelly mir einen Apfel reichte, biss ich hinein und bedankte mich. Die Kinder alberten herum, einige spielten das Steinspiel, das mir Nelly gezeigt hatte. Man hob einen Stein vom Boden auf, versuchte, sich die Stelle zu merken, wo er gelegen hatte, dann lief man weiter, um schließlich, nach etwa zehn, fünfzehn Schritten, den Stein genau dahin zurückzubringen, wo er gelegen hatte. Ich fand es ein anstrengendes Spiel, weil ständig ein Kind aus der Reihe scherte und zurücklief. Es gab keine Gewinner dabei, dafür aber ein Gejammer und Gezeter, wenn die Stelle nicht mehr gefunden wurde. Der arme Stein war nun ein Waisenstein, der seine Familie verloren hatte.

Beim Abschied legte mir Nelly ein Steinchen in die Hand und sah mich komisch an. Aber das fiel mir erst nachmittags auf, als die Kinder ohne sie aus der Schule kamen. Diesmal rief Herr Stempel gleich die Polizei und er schien ziemlich wütend zu sein. Ich hörte ihn laut telefonieren, hörte ihn sagen, dass Nelly ein renitentes Kind sei, das keine Rücksicht verdiene. Dann sprach er von der sozialistischen Moral und der Pflicht jedes Einzelnen. Beim Abendbrot redeten die Kinder über Nelly. Einige fanden den Vergleich vom »stillen Wasser« mehr als angebracht, manche hatten ihr diese Flucht nicht zugetraut, aber bei allen war ein Funken Bewunderung dabei und ich hörte sie noch Stunden später in ihren Zimmern über Nellys Ausbruch diskutieren.

An diesem Abend hatte ich die Nachtwache übernommen, die Gänse schrien in der Nacht besonders laut und ich wünschte mir Nelly in Sicherheit, an einem warmen, geschützten Ort. Ich wünschte sie mir auch vernünftiger, obwohl ich eigentlich nicht wusste, was sie an sich ändern sollte. Immerhin schien für sie diese Sehnsucht nach ihrer Schwester so etwas wie eine Krankheit zu sein. Mit diesem Gedanken schlief ich am frühen Morgen ein. Herrn Stempel erzählte ich nichts davon, ich war mir plötzlich sicher, dass er mich nicht verstehen würde.

Diesmal kam Nelly erst nach einer Woche wieder. Es war der vierte Montag im November und die Kinder waren noch in der Schule. Ich sah durchs Fenster ein Polizeiauto vor dem Eingang halten und Nelly in Begleitung zweier Polizisten aussteigen. Noch am Morgen hatten dichte Nebelschwaden über den Feldern gehangen, später waren die ersten Schneeflocken aus den dunkelgrauen Wolken gefallen. Unser Heimleiter ging nach draußen, noch ehe es klingelte. Er gab nur den beiden Beamten die Hand und ich konnte beobachten, wie Nelly abseits stand und versuchte, ein paar Schneeflocken mit dem Mund aufzufangen, als würde sie das Ganze gar nichts angehen. Schließlich verabschiedeten sich die Beamten, stiegen in ihr Auto und fuhren davon. Ich ging nach draußen, hörte die Gänse schreien und dazwischen immer wieder die Stimme von Herrn Stempel, der versuchte, das Geschrei zu übertönen. Ich verstand nur Bruchstücke – dass sie ein Luder sei, dass es Konsequenzen hätte, wenn sie noch einmal ausreißen würde, dass es noch andere Heime gebe, die besser gesichert seien. Nellys Gesicht war wie versteinert und ich glaubte, sogar eine Spur Verachtung darin zu erkennen. Sie zuckte mit den Schultern und ließ ihn einfach stehen. Herrn Stempel schien es die Sprache verschlagen zu haben. Er lief noch minutenlang vorm Haus durch den Schnee, als müsste er sich erst wieder fassen. Nelly sah an mir vorbei und ging gleich die Treppen hoch zu ihrem Zimmer. Auch später gab sie mir zu verstehen, dass sie nicht reden wollte. Sie lag in ihrem Bett mit dem Gesicht zur Wand und antwortete mir nicht.

Beim Mittagessen wurde sie von den anderen Kindern mit Fragen gelöchert, aber sie aß schweigend und schien niemanden um sich herum wahrzunehmen. Die Kinder betrachteten sie erstaunt und belustigt und vielleicht ein wenig ratlos. Sie konnten ihr Schweigen nicht deuten, und auch ich wusste nicht, ob ihre Niedergeschlagenheit eine Revolte oder gar ein medizinisches Problem war. Beim Abendessen verkündete Herr Stempel, dass der Name der Ausreißerin fortan auf der Liste der schlechten, uneinsichtigen Kinder zu finden sei. Dann hielt er noch eine kleine Rede über die zehn Grundsätze der sozialistischen Moral und schloss mit einem ernsten Blick, der mir ein wenig pathetisch vorkam, und der Mahnung, sich nie auf solche »Sperenzien« einzulassen. Dann sah er Nelly an, die als Einzige während seiner Ansprache weitergegessen hatte. Sie aß und gab ihm seelenruhig seinen Blick zurück. Sekundenlang schienen alle die Luft anzuhalten, aber dann nickte er mehrmals hintereinander, als würde ihr Verhalten seine Meinung nur bestätigen, und verließ den Raum. Nachdem er die Tür hinter sich geschlossen hatte, wurde es still. In der knisternden Stille konnte ich geradezu spüren, wie Nellys Ansehen gestiegen war.

In der Mittwochkonferenz rief Herr Stempel die Erzieher zu größerer Strenge auf und führte als Beispiel Nelly an; ich war hin- und hergerissen, ob ich Herrn Stempel von Nellys Sehnsucht berichten sollte. Denn die Sehnsucht war doch für Nelly auf jeden Fall eine Störung, mit der sie nicht richtig umgehen konnte. Aber dann sagte er auch schon, dass all ihr Heimwehgetue und die angebliche Geschwisterliebe nur schlechtes Theater seien. Als ich das hörte, sagte ich nichts. Ich dachte auch an meine Beurteilung. Nach der Konferenz bat mich Herr Stempel, noch einen Augenblick im Zimmer zu bleiben. Er setzte sich an seinen Schreibtisch, bot mir einen Stuhl an und sagte, ohne mich anzusehen, dass er von meinem guten Einfluss auf Nelly gehört habe und ob ich diesen nicht endlich einmal einzusetzen gedenke. Es sei doch an der Zeit, fügte er hinzu, nach allem, was geschehen war. Er sah nicht gerade freundlich dabei aus, und wenn Nelly einer jungen Giraffe ähnelte, dann glich er einem verfetteten Raubvogel, der seine Beute nicht mehr umkreisen konnte und stattdessen darauf wartete, dass die Giraffe strauchelte oder von anderen gerissen wurde. Später grübelte ich, warum Herr Stempel eine solche Wut auf Nelly hatte, und auch, warum er sie vor dem Haus als Luder beschimpft hatte. Das war nicht die korrekte Sprache eines Heimleiters.

Es hatte tagelang geschneit und die Kinder brauchten nun doppelt so lange für den Schulweg, sie stapften knietief durch den Schnee. Die Wettervorhersage kündigte sogar einen Schneesturm an, der blieb dann aber aus. Aus der Landschaft waren sämtliche Farben verschwunden, kein Ziegelrot glänzte von den Dächern, die Bäume zeigten ihre dunkle Borke nicht, alles war weiß, blendend weiß, und wenn man aus dem Haus trat, war es stiller als sonst. Sogar das Geschrei der Gänse klang gedämpft.

Inzwischen redete Nelly wieder. Ihr Schweigen hatte zwei Wochen angehalten, aber sie redete nicht mit mir. Irgendwann sprach auch ich sie nicht mehr an. Ich war es leid, ihr hinterherzulaufen, schließlich hatte ich ihr nichts getan.

Es war an einem Sonntag, nach dem Frühstück, als die Kinder ihr erneutes Fehlen bemerkten. Ich hatte Herrn Stempel noch nie so wütend gesehen. Er telefonierte sofort mit der Polizei. »Keine Gnade«, schrie er in den Hörer. »Diesmal keine Gnade.« Draußen im Schnee suchte er nach Nellys Spuren, aber die Flocken fielen zu dicht, alles war unbefleckt weiß. Es war ein kalter Tag, die Gänse warfen ihre einsilbigen Laute durch die Luft, und ich wunderte mich einmal mehr über Herrn Stempel. Das Wort »Gnade« war sicher nicht sozialistischer Sprachgebrauch. Die Kinder waren aufgeregt und stellten Vermutungen an, wie lange und wie weit sie es schaffen würde, die nächsten Stunden gab es kein anderes Thema. Abends klingelte Nelly an der Eingangstür und während die Kinder einander zuriefen, dass sie wieder da sei, ging sie die Treppen nach oben, als wäre nichts geschehen. Ich folgte Nelly in ihr Zimmer. Sie habe einen Waldspaziergang gemacht, antwortete sie auf meine Frage, und ich weiß nicht, was mich mehr erleichterte, dass sie nun endlich wieder mit mir redete oder dass sie gar nicht geflohen war. Doch dann wurde die Tür aufgerissen und Herr Stempel stand vor uns. Das Lächeln verschwand aus ihrem Gesicht und ihr Körper versteifte sich. Wie er denn jetzt vor der Polizei dastehe, schrie Herr Stempel sie an, und überhaupt sei das ja ein ausgeklügelter Plan gewesen, ihn und alle anderen für dumm zu verkaufen. Sie antwortete, dass sie nicht wüsste, wovon er spreche, und sie sagte es mit fester Stimme. Bewunderte ich sie dafür? Fand ich sie eigensinnig, zu eigensinnig? Zumindest wünschte ich mir, sie wäre ein kleines bisschen zugänglicher gewesen, dann wäre die folgende Szene vielleicht nicht passiert. Das Klatschen der Ohrfeige und ihr Aufschrei fielen zusammen. Herr Stempel sah sie mit einer eisigen Ruhe an, eine ganze Weile; erst dann nahm er langsam die Hand herunter und teilte ihr wie beiläufig mit, dass sie in den Weihnachtsferien nicht nach Hause fahren dürfe. Sie reckte ihren Giraffenhals nach hinten, als würde sie Anlauf nehmen, und dann spuckte sie ihm mitten ins Gesicht. Herr Stempel holte ein Taschentuch aus seiner Hosentasche, wischte sich die Spucke aus dem Gesicht, ging ganz langsam, als müsste er sich einen Weg durch die Luft bahnen, in Richtung Tür, zögerte kurz und verließ den Raum. Als Nelly zu schluchzen begann, nahm ich sie in die Arme. Wir setzten uns auf ihr Bett und sie erzählte mir von ihrem letzten Fluchtversuch. Die Polizei hatte sie bereits am ersten Tag gefasst und eine Woche lang in einer Art Durchgangsheim mit vergitterten Fenstern untergebracht. Die Heimleiterin sei zuerst auf ihrer Seite gewesen, habe sogar mit Verständnis auf ihre verflixte Sehnsucht reagiert und ihren Worten geglaubt. Dann aber habe sich Herr Stempel in die Sache eingeschaltet; in mehreren Telefongesprächen musste er wohl versucht haben, die Heimleiterin zu beeinflussen. Irgendwann hatte sie gesagt, dass Nelly das ausgekochteste, frecheste Geschöpf unter der Sonne sei, und bekannt für ihre Lügen. Danach habe die Heimleiterin kein Wort mehr mit ihr gesprochen.

Nelly schniefte und wischte sich die Tränen aus dem Gesicht. Sie könne nun nicht anders, als Herrn Stempel seine Worte zurückzuzahlen, ihm sozusagen zu bestätigen, dass sie frecher sei als alle anderen.

Als wir uns umarmten, war ich nicht sicher, wer hier wen hielt, aber da ertönte schon Herrn Stempels Stimme durch den Lautsprecher; ich sollte sofort zu ihm kommen. Nelly lächelte mich an und ich ging in dem Bewusstsein, dass sie mir vertraute.

Herr Stempel stand in der Mitte des Zimmers, in der Hand noch immer sein Taschentuch. Dieser Vorfall habe nun wirklich ernste Konsequenzen, sagte er und sah sich im Zimmer um, als wären außer uns noch andere anwesend. Ich sollte ihm schnellstmöglich eine schriftliche Beurteilung von Nellys Verhalten geben, die nötig sei für ihre Einweisung in den Jugendwerkhof, und ich würde schon wissen, was das Richtige für mich sei. Dabei sah er weder zornig noch traurig aus und schien sich keine Gedanken darüber zu machen, ob auch er an Nellys Verhalten schuldig sein könnte. Er lebte in einer Welt aus Gesetzen und Moral, aus oben und unten, guten und bösen Kindern, Gesetzesbrechern und Getreuen, und er hatte an diesem Ort die Macht, das eine vom anderen zu unterscheiden.

Ich schlief in dieser und den folgenden Nächten schlecht, wünschte mir, mich im endlosen Geschnatter der Gänse aufzulösen. Während Nelly weiter ihren Eigensinn kultivierte, brachte ich keinen Satz zu Papier. Glücklicherweise fragte mich Herr Stempel zunächst nicht nach der Beurteilung, aber wenn ich ihn sah, rechnete ich damit. Die Kinder begannen, Nelly zu folgen, betrachteten sie bald als eine Art Anführerin und es wurde unruhiger im Heim. Kleinen Streichen folgten größere, es war nie auszumachen, wer der oder die Schuldige war. Nach einem Einbruch in die Kleiderkammer gab es einen nächtlichen Ausbruch der größeren Mädchen. Als die Nachtwache eingeschlafen war, kletterten sie aus dem Fenster des Gruppenraums, schlichen über die Veranda und sprangen von dort einfach in den Schnee. Dann spazierten sie seelenruhig ins nächste Dorf, gingen in die Disco und kamen brav ein paar Stunden später zurück. Die Nachtwache, eine gutmütige Alte, war genau zum Zeitpunkt ihrer Rückkehr erwacht und erwartete sie am Fenster des Gruppenraums. Sie war froh, dass alle heil zurückgekehrt waren. Allerdings müsse sie trotzdem Meldung machen, sagte sie und schrieb die Namen der Ausreißer auf. All das erzählte mir Nelly am nächsten Morgen, machte mich einmal mehr zu ihrer Vertrauten, und als Herr Stempel die Erzieher zu sich rief und ihnen aufgebracht dieses Abenteuer schilderte, wusste ich nicht, ob ich lachen oder weinen sollte. Alle Kinder wurden mit Taschengeldentzug bestraft und mussten am Wochenende trotz niedriger Temperaturen beim Bau der neuen Garage helfen. Herr Stempel besaß zwei Autos, einen blauen Škoda und einen weißen Wartburg, die regelmäßig von den Kindern gewaschen wurden. Sie machten es gern und manchmal stritten sie sich sogar, wer die Autos waschen durfte. Diesmal allerdings standen sie, sobald sie sich unbeobachtet fühlten, gelangweilt und gereizt in der Gegend herum.

Am Wochenende fuhr ich zu meinen Eltern. Während der Zugfahrt beschlich mich ein Unbehagen, das mich auch zu Hause nicht mehr losließ. Ich hatte Angst um Nelly und gleichzeitig war ich wütend. Es war mir ein wenig zu viel geworden, ihr Eigensinn, ihre Verletzlichkeit, ihr Vertrauen zu mir. Ich wollte diese Verantwortung nicht, aber spürte auch, dass ich gar keine Wahl hatte, und das wiederum war ein gutes Gefühl. Wenn ich keine Wahl hatte, sagte ich mir schließlich, musste ich mich nicht entscheiden. Nur wusste ich noch nicht, wofür ich mich nicht entscheiden musste.

Als ich Montagvormittag ins Heim zurückkehrte, erwartete mich Nelly schon an der Eingangstür. Wir gingen gleich auf ihr Zimmer und während ich auf ihrem Bett saß, lief sie von einer Ecke zur nächsten und berichtete mir von ihrem neuesten Streich. Sie hatte das Gazefenster zur Speisekammer aufgeschlitzt, ihren Kopf durch die Gitterstäbe gezwängt, den Körper hinterhergeschoben. Sie zeigte mir den geringen Abstand zwischen den Stäben und kicherte. Als sie in der Speisekammer stand, hatte sie sich so viele Schokoladentafeln genommen, wie sie tragen konnte, und diese draußen unter den Kindern verteilt. Da die Schokolade stapelweise im Regal gelegen habe, sei der Diebstahl nicht aufgefallen, aber das durchtrennte Gazefenster hatte sie natürlich verraten. Herr Stempel hatte wohl die Version geschluckt, sie habe nur den Stoff durchgeschnitten und weiter nichts. Was für ein fantasieloser Trottel, dieser Stempel, stellte sie kichernd fest. Ich schwieg zu ihrem Bericht. Sie hatte sich verändert, war selbstbewusster geworden, aggressiver.

Mittags rief mich, wie ich es schon erwartet hatte, Herr Stempel zu sich. Er brauche meine Beurteilung in spätestens drei Tagen, mit all den bekannten, unschönen Details, von denen ich sicher mehr als die anderen Erzieher wüsste. Und ob ich schon von dem neuesten Irrsinn der Verrückten gehört hätte? Ich verneinte seine Frage. Es waren noch zwei Wochen bis zu den Weihnachtsferien und ich wollte wissen, ob Nelly ihre Familie besuchen dürfe. Er sah mich verblüfft an, als würde er mich zum ersten Mal richtig wahrnehmen. Dann schüttelte er nur wortlos den Kopf und sagte, dass er bald auch meine Beurteilung schreiben werde.

Die nächsten zwei Tage schneite es ununterbrochen und die Kinder waren ständig beim Schneeschippen. Der Teich war zugefroren, die Kinder liefen Schlittschuh und während ihr fröhliches Geschrei weithin zu hören war, saß Nelly neben mir und schmiedete Pläne. Ihr ganzes gespartes Taschengeld werde sie für die Weihnachtsgeschenke ihrer Schwester ausgeben. Diesmal werde sie sich bei der Flucht geschickter anstellen. Irgendwann zeigte sie mir ihren gepackten Rucksack, in dem sich Handschuhe, dicke Socken und ein Wollpullover befanden.

Am Abend ging ich zu Herrn Stempel. Er saß hinter seinem Schreibtisch, sah kurz hoch, dann wieder auf seine Papiere. Ich sagte ihm, dass er die Beurteilung bekommen werde, ich brauche nur noch etwas Zeit. Er nickte und las weiter. Ich blieb eine Weile stehen, einfach so, nur um zu sehen, was passieren würde, aber es passierte nichts. Für einen Augenblick glaubte ich, Nelly besser verstehen zu können, sogar ihren Eigensinn. Trotzdem wunderte ich mich über die Selbstgewissheit von Herrn Stempel, er schien sich auch meiner ganz und gar sicher zu sein. Hätte dieser Heimleiter seine Strategien geschickter gewählt, weniger taktlos und nicht so herablassend, vielleicht hätte ich dann versucht, Nelly zu beeinflussen.

Der Abend ihrer Flucht unterschied sich nicht von den vorangegangenen Abenden. Die Mädchen kamen in ihren Schlafanzügen vom Waschen aus dem Erdgeschoss die Treppen herauf, redeten und lachten mit erwartungsvollen Gesichtern; in wenigen Tagen würden sie zu Hause sein. Zum Weihnachtsfest durften diesmal alle fahren, alle außer ihr. Nelly war in den Kreis der Mädchen aufgenommen worden, die sie nun samt ihrem Eigensinn akzeptierten, und manchmal kam es mir so vor, als würden sie Nellys Gang und ihre Sprache imitieren, vor allem dann, wenn sie wütend waren.

Ich hatte mich von der Nachtwache verabschiedet und löschte das Licht im Gruppenraum, blieb im Dunkeln stehen und brauchte eine Weile, um mich zurechtzufinden. Mondschein fiel durch das Fenster, die Leuchtfische blinkten im blassen grünen Licht des Aquariums, es war still im Haus. Ich ordnete die Kissen auf dem Sofa, verließ den Raum und ging die Treppen nach unten, dann zog ich mir die Mütze tiefer ins Gesicht, es war immer noch alles still. Ich schloss die Haustür hinter mir. Nelly war schon seit zwei Stunden fort, sie hatte diesmal auch die Mädchen eingeweiht. Auf meine besorgte Frage hatte sie geantwortet, nein, sie habe keine Angst in der Kälte und Dunkelheit. Ihr gefielen die nächtlichen schneebedeckten Landstraßen, sie freue sich sogar auf die Ruhe, in der sie so gut nachdenken könne.

Ich würde in dieser Nacht Nellys Beurteilung schreiben. Und ich dachte an ihr Vertrauen mir gegenüber und daran, dass ich nun ganz sicher Erzieherin werden wollte. Während ich durch den Schnee stapfte, das Kinderheim und das Gänsegeschnatter hinter mir ließ, begannen große Schneeflocken durch die Nacht zu taumeln. Ich versuchte sie mit dem Mund zu fangen und stellte mir vor, wie Nelly in diesem Augenblick das Gleiche tat.

Es gab sie, die guten, schützenden Erzieherinnen in all den dunklen Stunden. Fräulein Eulitz wusste, dass ich krank vor Sehnsucht nach meiner Schwester war und mich durch nichts aufhalten lassen würde, um sie zu sehen. Dieses nagende Weh nach ihr ließ mich kaum atmen. Also gab mir Fräulein Eulitz gewissermaßen ihren Segen, ohne dass wir ein Wort darüber sprachen. Sie unterbrach meine Ausweglosigkeit, es gab etwas in mir, das richtig war. Es ist Menschen wie ihr zu danken, dass ich heute die bin, die ich bin. Und noch einmal: Es waren die Bücher, die ich im Kinderheim las; ich habe keine Ahnung, wie ausgerechnet diese Bücher ihren Weg in die Heimbibliothek gefunden hatten. Ich liebte »Ditte Menschenkind« von Andersen Nexø, ich liebte Hemingway, Dickens, Cervantes, Balzac.

Meine Schwester. Was ist von meiner Liebe zu ihr geblieben? Ich verstehe ihre Defekte, das ist die Nähe, die uns verbindet und mich abstößt.

Es war ein frühlingshafter Tag, als wir unsere Mutter beer-

digten. Die Jahre über hatten wir uns kaum gesehen, ich hatte mich aus dem Staub gemacht, achtzehnjährig. Wenn wir telefonierten, gab es keine Verbindlichkeiten, ich wich aus, wollte keinen Kontakt zu ihr. Nachdem unsere Mutter gestorben war, telefonierten wir täglich. Sie erzählte mir ihre Geschichten; als ich weg war, wurde sie nackt ins Bad gezerrt, und meine Mutter und ihr damaliger Freund verdrehten ihr Arme und Beine, bis sie nicht mehr schreien konnte, ihr wurden die blonden, schönen Locken geschoren, bis auf die blutige Kopfhaut.

In der Kirche sprach der Pfarrer ein paar Allerweltsworte, dann ging ich nach vorn und trug ein Gedicht von Gottfried Benn vor.

Ich war nicht anwesend, als ich das Gedicht vortrug und in das Gesicht meiner Schwester sah. Ich trauerte nicht mehr.

Am Grab standen wir nebeneinander. Wir atmeten flach, der Himmel hatte eine dünne Haut. Der Kranz auf dem Grab meiner Mutter war größer als das Grab selbst. Es war der Kranz meiner Schwester, ich war mit leeren Händen gekommen.

Ich konnte mich an keine Zeit erinnern, in der meine Mutter glücklich gewesen war; sie war keine Frau, die Unglück ertragen oder gar mit sich ausmachen konnte. Sie musste es weitergeben.

Die Schuldgefühle meiner Mutter kamen kurz vor ihrem Tod, da war sie schon schwach und kam kaum noch aus dem Bett. Sie schloss Gott nicht ganz aus; insgeheim schien sie mit ihm zu verhandeln, denn wer konnte schon wissen, ob es nicht doch ein Jenseits gab. Ihre Lieblingssendung war »Let's Dance«. Als wir einmal telefonierten, sagte sie: »Du kannst dir nicht vorstellen, wie toll diese Sendung ist, ich bin verrückt nach ihr, so verrückt wie Eichmann nach den Juden.«

Ich fragte sie einmal, warum sie so böse war. Ich fragte sie auch, was mir in meiner Kindheit Freude gemacht hatte. Sie fing an zu weinen, furchtbar, sie heulte, dann schrie sie: »Ich weiß es doch nicht, ich weiß es nicht.«

Dich kriegen wir auch noch

Wochenlang glühende Sommertage, dann endlich die erste Morgenkühle, ein noch unentschlossener Himmel. Schließlich der Wettersturz, dunkle Wolken, Gewitterregen, ein durch die Straßen jagender Wind, der kleine und große Bäume entwurzelte. Sogar der Baum vor »Jahns Ruhe«, eine alte Platane von immerhin einem Meter Durchmesser, stürzte krachend auf das Glasdach der Gartenkneipe. Es war Montagfrüh, und kein Mensch saß unter dem Dach. Ich hatte mich in der hinteren Ecke des Hofes eingerichtet, in einem ehemaligen Hundezwinger, der sauber war und robuste Holzwände hatte; ein Ort, dem niemand besondere Beachtung schenkte. Im Grunde genommen war ich froh, als der Glatzkopf, einer der beiden Polizisten, die die Sturmschäden am Glasdach aufnahmen, mich entdeckte. Ich war seit drei Wochen nicht zu Hause gewesen, ich war mir sicher, dass längst eine Fahndung nach mir lief. Ich hatte Lust, endlich wieder in einem richtigen Bett zu schlafen.

Der Polizist rief erst meinen Namen, dann winkte er seinen Kollegen zu sich, ich kannte beide, stand nicht zum ersten Mal vor ihnen. Während ich meine Sachen glatt strich und Blätter aus meinem Haar entfernte, sagte ich zu ihren Fragen Ja und Amen, sagte es einmal zu viel. Es war merkwürdigerweise der Glatzkopf, der mich zurechtwies. Er habe sich die Hose nicht mit der Kneifzange angezogen – ich solle Namen und Adressen meiner Freunde angeben, die mir geholfen hätten, mich zu verstecken. Als ich störrisch blieb, nahmen sie mich mit aufs Revier. Der Pförtner kannte mich, und auch die kettenrauchende Sekretärin, ich war schon lange nicht mehr schüchtern. Ich erzählte die Geschichte, die ich immer erzählte, und unterschrieb das Protokoll unter dem Konterfei unseres Staatsratsvorsitzenden. Der Hintergrund des Bildes strahlte in einem allmächtigen sozialistischen Blau, das Lächeln des Staatsratsvorsitzenden kam mir unheilbar vor.

Eigentlich schien alles wie immer. Ich bereute, gab nie alles preis, bedankte mich für das Glas Limonade. Ich machte mein Unbehagen zuerst an der Stimme des Glatzkopfes fest, der anders als sonst sprach, mich anders ansah. Ich folgte ihm in den Nebenraum, wo er noch Detailfragen mit mir klären wollte. Es gab nur zwei Stühle und vor dem Fenster hingen karierte Gardinen, die eher in eine Küche passten. Er saß genau vor mir, seine Hand tätschelte kurz mein Knie und dann noch einmal, und von diesem Moment an hatte ich Mitleid mit ihm. Ich durchschaute das Spiel, obwohl ich es nie zuvor gespielt hatte. Die letzten Male, als der Glatzkopf mich verhört hatte, hatte er mir Geschichten von seinen Kindern erzählt, mich nach meinen Schulleistungen gefragt, und es war unmöglich gewesen, ihn nicht väterlich zu finden, freundschaftlich, kumpelhaft. Diesmal fragte er mich, ob ich tätowiert sei, und sagte, dass er meinem Geburtsdatum nicht traute. Er sprach langsam und seine Stimme schleifte. Es gab nichts an mir, was besonders entwickelt gewesen wäre, ich war kein frühreifes Ding mit Brüsten und Babyspeck, es gab keinen Lolitamund, kein kurzes Röckchen, das irgendetwas betont hätte. Fotos von damals zeigen mich jungenhaft, nicht besonders hübsch, mit einem misstrauischen, etwas verschlagenen Blick. Die Frage nach der Tätowierung hing in der Luft, er sagte, es gebe in den Fahndungsunterlagen die genaue Beschreibung eines blau gestichelten Ankers, nicht besonders kunstvoll ausgeführt, der sich auf dem Bauch einer Diebin befinde, auf dem Bauch ziemlich weit unten. Er würde mich mögen, trotz alledem, immerhin sei er es doch gewesen, der mich damals vor fünf oder sechs Jahren gefunden und zurück nach Hause gebracht habe. Ich versuchte, die Gitterstäbe hinter den Gardinen zu erkennen und seinem Blick auszuweichen, der den unteren Teil meines Bauches fixierte.

Als ich das erste Mal ausgerissen war, sechsjährig, kurz vor Weihnachten, in der Zugtoilette von Leipzig nach Berlin, hatte er mich zurückgebracht. Neben mir im Abteil hatte ich ihn von Vertrauen und Freundschaft reden gehört, er hatte seine Brote mit mir geteilt und später meine Mutter aufgefordert, behutsamer mit mir umzugehen. Über die Jahre waren wir uns immer wieder begegnet, er begrüßte mich wie eine Freundin. Er kannte jede größere Wendung, jeden bedeutsamen Zwischenfall in meinem Leben. Er war es gewesen, der mich vor zwei Jahren aus dem Kindergefängnis herausgeholt hatte, ohne höhere Befugnis, wie ich später erfuhr, im Alleingang sozusagen. Zwei schlecht gelaunte Beamte in Uniform hatten mich gegen Ende der Sommerferien aufgegriffen. Sie hatten mich im Morgengrauen schlafend im Eingang des Konsums gefunden und ohne viel Worte in die Neudorfgasse gebracht, wo sie mich gegen eine Unterschrift einer dicken Frau übergaben.

Aber was genau dort geschehen war, wusste der Glatzkopf nicht, und während er immer heftiger atmete, dachte ich daran, wie ich an jenem frühen Morgen, gerahmt und gehalten von den beiden Polizisten, vor dem Flachbau aus den Sechzigern gestanden hatte. Es war noch sehr früh gewesen, nicht einmal vier, zu früh für alle Aufnahmeformalitäten, und so hatte die Dicke mich gleich in eine Zelle gesperrt, in der eine schmale Pritsche stand, und ein Eimer mit einem Deckel. Ich musste meine Sachen ausziehen und gegen ein langes Nachthemd eintauschen. Ich war müde und begriff nichts. Was hatte ich denn getan: Ich war einer Mutter davongelaufen, die Freude am Quälen hatte, die ihre tagtäglichen Erfolge an meiner Verzweiflung maß. Es war zwecklos, dies der Dicken begreiflich zu machen.

»Solche Sprüche geben alle von sich. Jeder, der hier landet, fühlt sich ungerecht behandelt«, sagte sie, genoss ihr Lächeln und klopfte mir auf die Schulter.

Die Wände waren mit Zeichen und Sprüchen verziert, ich setzte meinen ersten Spruch dazu. Ich weigerte mich, den Eimer zu benutzen, und spuckte in Richtung des Spions, wenn die Klappe an der anderen Seite der Tür bewegt wurde. Das Essen warf ich der Dicken ins Gesicht.

»Dich kriegen wir auch noch«, sagte sie, während sie sich die Marmelade aus dem Gesicht wischte und die Zelle verließ.

Natürlich bekamen sie mich. Irgendwann war ich es leid, auf dem Boden zu schlafen, die Pritsche stank nach Urin und Erbrochenem. Sie hatten mir sogar die Zopfgummis abgenommen, weil ich versucht hatte, mir damit die Pulsadern abzuschnüren. Als ich das dritte Mal brav in den Eimer gepisst hatte, wurde die Tür geöffnet und ein Mädchen brachte mir ein blaues Hemd, eine blaue Latzhose und Pantoffeln. Sie war älter als ich, und während ich mich anzog, versuchte sie mich auszufragen. Auf ihre Frage, warum ich im Loch gelandet sei, merkte ich, wie mir die Tränen aufstiegen, und ich begann, sie zu beschimpfen, wenn auch halbherzig und ohne Grobheit. Sie gab mir zwei, drei Sätze zurück, schnelle, eiskalt gesetzte Peitschenhiebe, schloss die Tür bedrohlich langsam und sah mich an dabei. Es war mir egal. Ich verstand einfach nicht, warum ich bestraft wurde. Ich hatte gewisse Autoritäten geachtet, nicht zuletzt, weil sie Schutz versprachen. Auf eine diffuse Weise hatte ich sogar an den Sozialismus geglaubt, denn er schien alles auszumachen, was ich war. Die Straßen, Gehwege, Wälder, die Schule, die Sachen, die ich trug, der Geruch einer Zwiebel, alles war irgendwie sozialistisch. Insofern war natürlich auch meine Mutter sozialistisch, und ihre Schläge und all ihre Schweinereien, aber es gab eben auch Glatzköpfe, die mir halfen, halfen im Namen des Gesetzes. Vielleicht wollte ich auch nur an irgendetwas glauben, aber Gott war unbekannt verzogen, wahrscheinlich wohnte er im Westen, und die Erwähnung des Heiligen Geistes löste bei mir Lachkrämpfe aus.

Noch einmal beteuerte ich meine Unschuld, als die Dicke vor mir stand, um mich aus der Zelle zu holen, doch sie zeigte nur ein wissendes Lächeln, das mein Scheitern vorwegnahm, für immer und alle Zeiten. Als wir die nach Bohnerwachs riechenden Treppen hinuntergingen, hielt sie mich am Arm fest; es kam mir übertrieben vor, schließlich waren die Fenster und Türen vergittert. Wir betraten einen hell erleuchteten Raum, Stimmengewirr und schlechte Gerüche erfüllten die Luft. Mädchen jeden Alters saßen an Tischen und falteten Kartons. Die Dicke nannte meinen Namen, als wäre er ein schlecht gestopftes Loch in einem Strumpf, und wies eines der Mädchen an, mir die perfekte Kartonfaltung zu zeigen. Dann verließ sie den Raum, und ich stand inmitten der Mädchen, die ihre Gespräche wiederaufgenommen hatten, als gäbe es mich nicht. Olga, ein vielleicht achtjähriges mageres Ding, zeigte mir die paar Kniffe, die nötig waren, um die Kartons zu falten. Der Stuhl neben Olga war leer und so setzte ich mich neben sie, faltete die Pappen, sah weder nach links noch nach rechts, ließ die Zeit vergehen. Olga redete mit den anderen, nie mit mir, und als ein lautes Klingeln die übrigen Geräusche unterbrach, verließ sie sofort ihren Platz, ohne ein Lächeln, ohne einen Blick für mich.

Eine Erzieherin zeigte mir mein Bett in einem der Schlafräume, dann den Essraum, der aus zwei langen Tafeln bestand. An den Wänden, wieder vom sozialistischen Blau umrahmt, unser Staatsratsvorsitzender, daneben Makarenko in Schwarz-Weiß. Ich stand hinter meinem Stuhl, murmelte mit den anderen Mädchen im Chor einen Spruch, in dem wir dem Staat dankten, den Arbeitern und den Bauern, dann setzten wir uns. Mein Stuhl war wacklig, die pampigen Kartoffeln stanken nach Schweinemist, und während ich auf meinem Teller herumstocherte, sprach ich meine Nachbarin an. Ich weiß nicht mehr, was ich sagte, aber sie antwortete nicht, sondern sah quer über den Tisch zu dem Mädchen, das mir das Essen in die Zelle gebracht hatte. In diesem Licht sah das Mädchen nicht viel älter aus, aber ihr Gesicht trug den Ausdruck von hochmütiger Trostlosigkeit. Ihr gelb gefärbtes Haar stand glanzlos nach allen Seiten, ihre Haut war trocken und dünn vor Widerstand. Sie hielt lächelnd die Gabel in meine Richtung, ohne dass das Lächeln ihre Augen erreichte. Ich ahnte vage, was geschehen würde. Keines der Mädchen sprach mit mir, weder am Nachmittag im Arbeitsraum noch beim Abendessen, nur die Gelbhaarige rieb dauernd ihren Nacken und sah dabei in meine

Richtung, spöttisch und mit schmalem Mund. Die Erzieherin gab mir für die Woche Handtücher, Hemden und Unterhosen. Auf jedem Wäschestück war die Nummer vierunddreißig auf einem Schildchen eingenäht. Ich war also die Vierunddreißig, und keines der anderen nummerierten Mädchen teilte die Dusche mit mir. Ich hörte sie im Waschraum lachen und kichern, während ich mir zwei, drei Tränen gestattete, die mir mit dem Duschwasser über die Wangen rannen, und mir verzweifelt wünschte, in den Kreis der Mädchen aufgenommen zu werden.

Als ich im Nachthemd den Schlafraum betrat, die blaue Kleidung zusammengefaltet unter dem Arm, redeten sie miteinander, ohne mich anzusehen, saßen vor einem Radio, summten irgendwelche Melodien, die ich nicht kannte. Ich hängte die Sachen über eine Stuhllehne und setzte mich auf das mir zugewiesene Bett. Im Neonlicht sah die Gelbhaarige nun doch wieder älter aus, so um die sechzehn, siebzehn, sie saß auf dem Bett mir gegenüber, hinter sich zwei Mädchen, die ihr den Rücken massierten. Sie fluchte, wenn die Griffe nicht richtig waren, fest sollten sie sein und gleichzeitig sanft, fest, aber nicht zu fest. Mit einer Handbewegung verscheuchte sie schließlich die Mädchen und entnahm einer Schachtel, die auf ihrem Nachtschrank lag, zwei große Tabletten. Mit gesenkten Lidern verfolgte ich, wie sie sich zurücklehnte, das Nachthemd über den Bauch hob, die Beine ausgebreitet auf das Laken stellte, sich mit einer Hand ihrer Unterhose entledigte und die Tabletten in ihre Vagina schob. Sie heftete ihren Blick auf mein Gesicht, und dann verschwanden ihre Finger, verschwand ihre ganze Hand in dem Spalt. Ich legte mich hin und stellte mich schlafend. Irgendwann kam die Erzieherin und wünschte mit müder Stimme eine gute Nacht, dann wurde das Licht gelöscht. Ich versuchte, mir alles Mögliche vorzustellen, um einschlafen zu können, aber plötzlich war es dafür zu still im Zimmer. Dann tapsten nackte Fußsohlen über den Boden, Stoffgeraschel, kaum hörbare Atemgeräusche, das Licht ging an, und sie standen vor mir, alle Mädchen, stumm, ohne sich zu rühren, und sahen mich an. Sie standen eine ganze Weile so, dann drehte sich die Gelbhaarige zu Olga, befahl ihr, sich auf ein Bett zu stellen und sich auszuziehen. Ich begriff nicht alles, aber die Kleine hatte wohl beim Überbringen eines Liebesbriefes der Auserwählten zu tief in die Augen gesehen. Olga gehorchte, und dann sah die Gelbhaarige zu mir und sagte: »Das alles und noch mehr wird dir auch blühen, wenn du hier die Eingebildete spielst.«

Ich kam nicht dazu, etwas zu erklären, denn die Mädchen hatten sich Olga zugewandt, die inzwischen auf dem Bett stand, nackt, mager, die Frühgeburt einer drogensüchtigen oder rachitischen Mutter, den Blick abgewandt in ihre eigene isolierte Welt. Die Mädchen umstanden das Bett und feuerten sie an, und langsam begann Olga zu tanzen. Sie versuchte, obszön zu sein, einen Körper zu haben, aber die Bewegungen blieben mechanisch und losgelöst von ihr. Niemand konnte sie erreichen, und wahrscheinlich kapierte das die Gelbhaarige, denn sie sagte: »Schluss«, und sofort wurde es still. Ihr Kopf befand sich in der Höhe von Olgas Nabel, als sie sagte: »Zeig uns, wie du es dir machst. Und ich will, dass du richtig zur Sache kommst.«

Die Kleine legte ihre Hand zwischen die Beine, auf ihr noch unbehaartes Geschlecht, ließ ihre zwei Schwurfinger kreisen. Breitbeinig dastehend, warf sie mir einen kurzen Blick zu, in dem ich nichts außer Verachtung entdeckte. Dann verschanzte sie sich wieder in ihrer Einsamkeit, von den Mädchen umringt, die in ihrem Spott ausharrten. Sie machte sich an ihrem Atem fest, glitt in ihn hinein, in einen Atem, der heftiger wurde, schneller, jagender. Ich wusste noch nichts von dieser Erregung, begriff auch nichts, als Olga kam, mit einem lautlosen Schrei und einem unbewegten, sich allem entziehenden Gesicht. Auch später, als ich im Bett lag, neben mir Mädchenkörper, Brüste, Beine, Gerüche, Lippen auf meinen Lippen, bis ich sie nicht mehr spürte, auch da verlor ich meine Unschuld nicht. Und während die Hand des Glatzkopfes etwas zu lange auf meinem Knie lag und er seine Gier mit wohlmeinenden Floskeln tarnte, sah ich über seine Schultern, durch die karierten Gardinen, sah meine nächsten, von Kindheit getilgten Jahre, den endgültigen Abschied, der jetzt genauso unausweichlich zu meinem Leben gehören wird wie du, mein Glatzkopf.

Auf dem Foto mit gezacktem Rand sehen wir frierend aus, obwohl es mitten im Sommer ist; die Mädchen tragen kurze Röcke und Kniestrümpfe, die Jungs Anzüge. Ich trage als einziges Mädchen einen Hosenanzug. Unser Lächeln, wie angeordnet vom Fotografen; hinter uns stehen die unsichtbaren Eltern, deren Griff schwer auf unseren Schultern lastet. Ihre Kämpfe sind in unsere Körper und Gesichter eingeschrieben. Unsere Angst erreicht sie nicht. Längst der Kindheit entwachsen, werden wir noch reflexhaft die Hände heben, um vermeintliche Schläge abzuwehren. Wir haben uns zu Tode getröstet und denken, das Schlimmste hinter uns zu haben. Doch unsere Gebundenheit an Hass, Selbsthass, Misstrauen lässt nur schmerzhafte Wiederholungen zu.

Auf dem Foto ist hinter uns das Kinderheim zu sehen, am Horizont die Gänsefarm; wenn der Wind in unsere Richtung ging, war das Geschnatter bis tief in die Nacht zu hören.

Ich bin inzwischen stolz auf meine Herkunft. Obwohl ich nicht mehr lernen werde, Maß zu halten, und das Gefühl, zu schnell in Not zu geraten, wahrscheinlich bleiben wird. Und doch habe ich dem Kind, das ich war, Türen geöffnet; Lesen ist noch »immer« überlebenswichtig für mich, ich schlafe gern und wache gern wieder auf. Ich bin ziemlich fürsorglich. Ich kann Bücher schreiben. Pilze im Wald suchen, und wie sehr liebe ich den Herbst. Ich habe Mitgefühl und muss es nicht hinterfragen, meinen Zorn kann ich besänftigen. Und wenn ich peinlich bin, sterbe ich nicht mehr daran. Ich muss mich nicht aus dem Leben katapultieren, um mich lebendig zu fühlen. Ich mag das Wort »Barmherzigkeit«.

Sommer

In diesen Sommerferien trug sie das erste Mal ein Kleid. Ihre kleine Schwester im Schlepptau, kam sie die Holzstiege herunter auf den Hof, erst sahen die Mädchen zu ihr, und dann hob Tadek den Kopf. Sogar der Kellner, der die leeren Flaschen rausbrachte, sah zweimal hin. Dabei war nichts Besonderes an ihr, sie trug ein hellblau geblümtes Kleid, wie es Mädchen ihres Alters eben trugen, und ihre dunklen glänzenden Haare waren noch immer raspelkurz. Auch ich sah sie an, obwohl ich mir noch nichts aus Mädchen machte. Sie ging über den Hof, setzte sich auf den im Schatten liegenden Mauersims und ließ die Beine baumeln. Ihre Schwester quengelte, doch sie schien nichts wahrzunehmen außer ihren großen Zehen, die sie aneinanderhielt, als müsste sie ihre genaue Größe überprüfen. Tadek löste sich aus unserer Gruppe, schlenderte über den Hof, die Hände in den Hosentaschen, und blieb vor ihr stehen.

»Du bist ja ein Mädchen«, sagte er.

Und diese Feststellung verblüffte nicht nur ihn. Den ganzen Sommer hatten wir diesen mageren Hecht, der in kurzen Lederhosen herumlief, für einen Jungen gehalten, einen Jungen, der seine nervende kleine Schwester mit sich herumschleppen musste, einen Jungen, der weder unsere Fragen noch die der Mädchen beantwortet hatte und immer auf Abstand zu uns gegangen war. Ein Muttersöhnchen, ein harmloser Schwächling, ein Pimpelchen, Feigling; wir hatten einige nicht sehr schmeichelhafte Umschreibungen für ihn gefunden. Und irgendwann interessierten wir uns nicht mehr für ihn.

Tadek wiederholte seinen Satz, der wie ein Antrag klang, und sie antwortete noch immer nicht. Sie war so alt wie wir, elf oder zwölf Jahre, sie sah nicht gerade hübsch aus, ein mickriges Ding, sie glich einem Hobelspan mit dünnen Beinen und Schorf an den Knien, einem zu langen Hals, aber sie war eben ein Mädchen.

Sie starrte ihn an, ohne zu blinzeln, Tadek war es, der zuerst wegschaute. Er spannte die Muskeln seines linken Arms und sah zu uns herüber, dann sah er über die Schulter zu den anderen Mädchen. Einen Augenblick lang war es sehr still. Dann ließ sich das Mädchen von der Mauer herunter, ging wortlos über den Hof und überstieg das kleine hölzerne Tor. Sie lief, die Sonne im Rücken, mit kurzen schnellen Schritten den

Weg zwischen den Kreidefelsen und den Schlehenbüschen entlang und sah sich nicht um. Sie sah sich auch nicht um, als ihre Schwester in ein ohrenbetäubendes Geheul ausbrach, und schließlich entschwand sie unseren Blicken. Tadek hielt ein gleichmütiges Gesicht in die Sonne, zuckte mit den Schultern, überstieg ebenfalls das hölzerne Tor und folgte ihr.

Inzwischen war es Mittagszeit und ein paar von uns wurden zum Essen gerufen, während die anderen runter zum Strand gingen. Zwei Mädchen blieben bei der heulenden Schwester, und für mich war es an der Zeit, eine Runde mit dem Hund zu drehen. Tadek war mein Freund, er kam jedes Jahr im Sommer in unser Nest. Das Nest war ein winziges Städtchen an der Ostseeküste und ein beliebter Ferienort. Tadeks Eltern arbeiteten als Saisonkellner im »Hotel Atlantik«, dessen großer, von Bäumen umsäumter Hof unser Treffpunkt war. Der hintere Teil des Hofes war überwuchert von Unkraut und Wildblumen, dort stand auch die Abfalltonne der Kneipe mit den faulenden, stinkenden Küchenresten und den Würmern und Maden, ein weißes Gewimmel, in das wir manchmal minutenlang starrten, als wären wir hypnotisiert. In den Ferien blieben wir bis spät in die Nacht hier, wir kannten jede Ritze und alle Geräusche, auch die, die von hinter den Fenstern kamen.

Die Mittagshitze knisterte. Ich nahm meinen halb blinden Dackel und ging mit ihm in die Heide. Ich ließ ihn bei den sandigen Hügeln von der Leine und er schoss trotz seiner trüben Augen davon und verschwand sofort in einem der Dachs- oder Fuchsbauten. Ich dachte an Tadek und diesen Jungen im Sommerkleid, der nun doch aller Wahrscheinlichkeit nach ein Mädchen war, und ich dachte daran, wie Tadek es schaffte, dass ihm all diese Geschöpfe auf den Leim gingen. Er winkte, und sie kamen, und manchmal musste er nicht einmal winken, sie kamen einfach so. Ich hörte in der Ferne das Meer, stieg über einen von Weizen und Unkraut überwucherten Schrottberg und dann sah ich sie. Ungefähr zweihundert Meter von mir entfernt saßen Tadek und das Mädchen im Gras. Ich ging langsam in ihre Richtung und pfiff übertrieben laut nach meinem Dackel. Sie rührten sich nicht, und auch als ich näher kam, steckten sie ihre Köpfe nicht zusammen. Als ich vor ihnen stand, sah Tadek zu mir hoch, gelangweilt, eine Zigarette in der Hand. Mit einer leichten Kopfbewegung gab er mir zu verstehen, dass ich bei ihnen bleiben sollte. Das Mädchen saß mindestens drei Handbreit von ihm entfernt und ich sah, dass sie marineblaue Augen hatte, marineblau, so wie das Meer in seinen schönsten Stunden, und sie lächelte mit einem schiefen Mund genau in die Mitte des Himmels, und ich hätte sie gern geküsst. Ich verfolgte die Rauchringe, die Tadek versuchte. Wir schwiegen inmitten der Sommerhitze, dem Gesurr der Insekten, irgendwann begann das Mädchen, den Schorf von seinem Knie zu pulen, und dann kam mein Dackel angerannt.

»Was macht ihr hier eigentlich?«, fragte ich, weil ich nichts anderes zu sagen wusste.

»Wir ficken«, sagte Tadek und zwinkerte mir zu.

»Ficken«, wiederholte ich, wobei mich das Zwinkern mehr irritierte als das Wort. Das Mädchen hob nicht einmal den Kopf und an ihrer Reaktion merkte ich, dass sie mit diesem Wort nicht viel anzufangen wusste.

»Ja, genau das«, sagte Tadek mit übertriebener Begeisterung und blies den Zigarettenrauch in Richtung des Mädchens, das immer noch an seinem Knie pulte, und mein Blick blieb an ihren Füßen hängen, mindestens Schuhgröße vierzig, dachte ich, und dann nickte ich beiden zu, murmelte etwas von unerträglicher Hitze und ging. Ich drehte mich mehrmals um, und ich sah sie stets bewegungslos, nie nah beieinander.

Der Sommer verflog, das Mädchen trug immer Hosen, und Tadek verschwand mit anderen Mädchen, stets mit einem Zwinkern in meine Richtung. Andere Sommer vergingen und einmal ging Tadek mit der blonden, bezopften Schwester des Mädchens in die Heide, aber auch das dauerte nur einen Nachmittag. Ab und an hatte ich mit dem Hosenmädchen gesprochen, sie war ziemlich wortkarg, und ich hatte nie mehr das Bedürfnis verspürt, sie zu küssen.

Irgendwann begannen die Sommer ohne Tadek. Wenn ich an dem Hof vorbeikam, spielten dort Kinder, die ich kaum oder gar nicht mehr kannte. Ich war erwachsen geworden, hatte drei Jahre Armeezeit hinter mir, was Tadek ganz und gar nicht gefallen hätte, aber wir hatten uns ohnehin aus den Augen verloren. Ich hatte die Polizeilaufbahn eingeschlagen, war im letzten Jahr meiner Ausbildung und schrieb manchmal als Beisitzer die Protokolle. Und dann, eines Vormittags am dritten Tag des neuen Jahres, kam, während ich rauchend auf dem Flur der Polizeiwache meine Pause machte, eine Frau vorbei, die ich zu kennen glaubte. Sie war ziemlich klein, aber mir fielen ihre ungewöhnlich großen Füße auf, und ihr merkwürdig luftiger Gang. Später saß ich ihr gegenüber. Ihre Augen, ein intensives Blau, der Name, der mir bekannt vorkam, und dann sah ich noch einmal in ihre Augen, marineblau, wie das Meer in seinen schönsten Stunden, und da wusste ich, wer sie war. Meine Vorgesetzte fragte sie, ob es sie stören würde, wenn ein männlicher Mitarbeiter im Raum sei. Sie schüttelte wortlos den Kopf, ohne mich anzusehen. Und dann erkannte ich auch die Stimme wieder, mit der sie ihre Geschichte erzählte, die trostlose Geschichte einer Vergewaltigung in der Silvesternacht. Ich tippte ihre Worte so vorsichtig wie möglich in die Schreibmaschine. An jenem Abend habe sie nichts getrunken und sei allein nach Hause gegangen. Ein Fremder, mit einem ihr unbekannten Akzent, habe sie nach dem Weg gefragt, und dann sei alles ganz schnell gegangen, an einer Straßenecke unweit ihres Hauses. Sie habe geblutet und niemand, der ihre Schreie gehört hätte.

Meine Vorgesetzte stellte ihre Fragen routiniert und behutsam, blätterte zwischendurch in den Unterlagen des Arztes, der sie noch in der gleichen Nacht untersucht hatte. Irgendwann war es still im Raum, meine Vorgesetzte sah schweigend an mir vorbei aus dem Fenster, und dann sagte sie: »In den Unterlagen steht, dass Sie betrunken waren in jener Nacht, aber immerhin konnten Sie laufen, und Sie konnten erzählen.«

Die Frau sah mit ihren marineblauen Augen ebenfalls an mir vorbei und erwiderte nichts.

Meine Vorgesetzte zündete sich eine Zigarette an, ohne zu fragen, ob dies genehm sei, las noch einmal in den Papieren und sagte: »Und hier steht, dass Sie nach dieser Nacht immer noch unversehrt waren, völlig unberührt. Ich meine, hier steht, dass Sie Jungfrau sind.«

Die Frau schwieg eine Weile, ehe sie mich sekundenlang mit ihrem Mädchenlächeln überraschte. Schließlich erhob sie sich, betrachtete uns mit einem ernsten Gesicht, nachdenklich, fast milde, und mit einem Achselzucken drehte sie sich um und verließ das Zimmer.

Meine Vorgesetzte klopfte mit den Fingerknöcheln auf den Tisch, streifte mich mit einem kurzen, verständnislosen Blick, dann nahm sie die nächste Akte vom Tisch, blätterte darin.

Ich musste an Tadek denken, an all die Mädchen, die er mit in die Heide genommen hatte. Ich fühlte noch einmal die Hitze und den Stillstand der Sommer, ich sah ihre Augen vor mir, sah das Meer in seinen schönsten Stunden, hörte Tadek noch einmal antworten: »Wir ficken, ja, wir ficken«, und ich bekam Heimweh nach all den kleinen und wahrhaftigen Lügen, nach den Mädchen und den Jungen, nach den Freunden von damals, nach mir.

Der erste Band der preisgekrönten Trilogie

Angelika Klüssendorf

Das Mädchen

Roman

Piper Taschenbuch, 192 Seiten

ISBN 978-3-492-31853-2

Die Mutter terrorisiert ihre Kinder, der Vater trinkt – wenn er überhaupt da ist. Aber ›das Mädchen‹ arbeitet sich mit Mut und unbeugsamem Lebenswillen durch die niederdrückenden Verhältnisse einer Jugend und rettet sich in »Brehms Tierleben« und Grimms Märchen. Schon am Anfang scheint hier alles zu Ende zu sein, aber ist das Ende doch ein Anfang?

PIPER

Leseproben, E-Books und mehr unter www.piper.de